U0924400

有些旋晾
被抽象成寓言
有些瞬间
被定格成图片

宁静，不食人间烟火
被镜框捉牢
挂客厅或是卧室
成为家里的压舱石

2016.3.4

天地，不过是个苗条/而知性的女人
太阳系着薄薄的丝巾
优雅地凝视着远处
月亮无影无踪
星星也无影无踪
我在她的眸中找不到
他们的背影
山水依旧，而你
姿态端庄地孤独着

雨，在心中下成了
一条绵延不断的线
纤细而干净
任凭我摆布
开成一朵花，一朵
行走的花……
根须也要行走
泥土失去了阻力
仿佛是内蕴消失后的
灵魂，敞开着
行走着……步态安静

2016.1.27

二零一六年二月十二日 施[illegible]

我有一只小狗
名字叫蹦蹦
有时它也叫笨笨
阿蹦，或是阿笨
不过是我对自己的描述

我的小狗是我的镜子
它将隐藏的那个我
显在我面前：骄傲而脆弱
后来它死了，回到了我里面
蜷曲害怕的一团
睡在记忆里……

2016.2.4

我本是快乐的，
就像生活的快乐一样
顽皮地对待每一天
去打一只隐形的皮鼓
让时光和心情
都不得不踮起脚尖
如果你不能去舞蹈
成为生命的本质
哭泣就会将你淹没

我常常心满意足
一片叶子，一朵花
空气像一杯新榨的橙汁
心满意足的时候
没有记忆，没有昨天
也暂时不需要明天
要像擦了蜜的微风
在我的嘴唇上扫来扫去

二零一六年三月七号 施玮

你收集眼泪如的珍珠
你洁净词语如绽放的雏菊
你以撕开成全完整
你以伤痕雕饰生命
当我亲眼看见你时
我就成了一条鱼，带着
你的印迹 游入你的话语

灵魂的诗意栖居

施玮 著

清華大学出版社
北　京

图书在版编目（CIP）数据

灵魂的诗意栖居 / 施玮著. — 北京：清华大学出版社，2019.12
ISBN 978-7-302-51367-4

Ⅰ. ①灵… Ⅱ. ①施… Ⅲ. ①诗集－中国－当代 Ⅳ. ①I227

中国版本图书馆 CIP 数据核字 (2018) 第 232188 号

责任编辑：张立红
封面设计：梁　洁
版式设计：梁　洁
责任校对：周　珺
责任印制：沈　露

出版发行：清华大学出版社
网　　址：http://www.tup.com.cn，　http://www.wqbook.com
地　　址：北京清华大学学研大厦 A 座　　邮　　编：100084
社 总 机：010-62770175　　邮　　购：010-62786544
投稿与读者服务：010-62776969，c-service@tup.tsinghua.edu.cn
质 量 反 馈：010-62772015，zhiliang@tup.tsinghua.edu.cn
印 装 者：三河市龙大印装有限公司
经　　销：全国新华书店
开　　本：148mm × 210mm　印　张：7.25　插　页：1　字　数：162 千字
版　　次：2019 年 12 月第 1 版　印　次：2019 年 12 月第 1 次印刷
定　　价：98.80 元

产品编号：080213-01

生命仪式叙事与诗画的互文性张力

赵小琪

读施玮的诗画集《灵魂的诗意栖居》，我总会感到一种本雅明所说的审美震惊。在一般的现当代诗人的诗集中，我们很难看到像这本诗画集一样，将重文字的抽象性、时间性、可说性的诗歌与重符号的图像性、空间性、可视性的绘画并置。这不是因为这些现当代诗人不想将诗歌与绘画进行并置，而是因为在西方重逻辑、重理性的思维的影响下，中国现当代学科分工的日趋细化导致了原本一家的诗歌与绘画的分家。这种分家，使得具有单项技能、单项知识的诗歌专才或者绘画专才越来越多，而兼具诗歌与绘画的知识和技能的通才越来越少。事实上，面对着无限丰富、复杂的世界，诗歌和绘画都有其不可克服的局限性，都不可能把人类对万事万物的全部感受完全表达出来，也不可能把人类想表达的思想情感都充分表达清楚。

绘画是一种偏重于空间性的艺术，可以将世界的万事万物形象直观地表现出来，给人以直接的视觉刺激，但它对事物的运动变化和人们细微幽深的精神世界的表现受到限制；诗歌是一种偏重于时间性的艺术，它宜于表现事物的运动变化和人们细微幽深的精神世界，能够引发人们更多的想象和思考，但正如索绪尔所说，“语言符号连接的不是事物和名称，而是概念和音响形象[1]”，它不像绘画那样长于对事物的可视性和并存性的表现。

从人的审美需求的最高标准来看，无论是诗歌还是绘画，都能够在某一侧面较为深刻地表现人的精神追求，都能在一定程度上表现万事万物的形态、特性和运行规律。但不得不说，无论是诗歌还是绘画，都不可能完整地表现人与万事万

1. （瑞士）索绪尔.普通语言学教程：高名凯，译.北京：商务印书馆，2001：101.

物的形态、特性和演化规律。可以说，任何一种艺术形式，只有与其他的艺术形式相互渗透、相互补充、相互融汇，才能全面、完整地实现人的审美需求。

中国传统诗歌与绘画之所以融合一体，正是文图结合对人的审美需求的全面、完整实现的需要决定的。

在中国古代诗画互文中，生命仪式是文人们十分关注的主题。像生命的受困与远游，生命的驱魔与招魂，生命的死亡与再生等仪式，都深深植根于中国传统文化，其背后所传达的是中华民族特有的宇宙观与哲学观。它们作为中国人文化心灵的最具权威的历史记忆形式，积累、传承着我们这个民族许多典型的情感与精神，并在诗/画相互解释、相互生发的过程中，形成了一个主题不断翻新、意义不断增值的文化传承与创新过程。

而施玮的诗画集《灵魂的诗意栖居》使我产生较大的审美震惊的一个非常重要的原因，就是生命仪式成了这部诗画集反复不断出现的主题。

那么，《灵魂的诗意栖居》为什么对生命仪式进行了如此集中、反复的表现呢？在这部诗画集中，诗歌与绘画中的生命仪式的主题又构成了何种关系呢？

在谈到自己的人生经历时，施玮这样说道：“从二十多岁到四十出头，经历了梦想的破灭，经历了愤世嫉俗；经历了幽闷自闭，经历了沉迷虚玄；经历了追逐潮流，经历了放纵寻欢。最后，在绝望的死地却遇见真光，得以重生。[1]”

这段话，对我们理解《灵魂的诗意栖居》的创作动机和主题同样有帮助。只要细致考察，我们就会发现，施玮在《灵魂的诗意栖居》的诗/画中的生命仪式的互文修辞的话语实践，是在自己的生命经历与社会历史脉络的背景中建构而成，其话语的主题，除受到话语主体活动所处的特定的文化场域的深刻影响之外，也受到话语主体的个体精神——心理结构与感受的重要影响。换句话说，这本书中诗歌与绘画对生命仪式反复不断地书写和呈现，不仅与无枝可依、身世飘零的个体生命创伤和曾经依托的精神信仰崩塌后的精神迷

1. 施玮. 以诗为证——生命的诗歌见证生命的主，歌中雅歌. 珠海：珠海出版社，2009：自序.

惘和虚无有关，而且也与发现圣善之灵，进入其中后的精神痊愈和价值系统的重建有关。

纵观《灵魂的诗意栖居》中的诗歌和绘画，施玮围绕生命仪式，在诗/画互文修辞的对话空间中建构了受困/远游、驱魔/再生等反复辩证的主题。诗歌和绘画之间有渗透和重叠，也有某种程度上的增补和改写，因此在内容和意义的融合中呈现出相辅相成又相互借重的张力，极大地拓展了中国传统生命仪式主题的意义空间。

一、受困/远游仪式的张力

现代的知识女性一般都会面临着各式各样的心理问题，像恋爱的烦恼、婚姻的痛苦、学业的迷茫、职业的枷锁等。这些都可能在很大的程度上左右她们的情绪，使她们陷入精神上的困境。

与一般女性的生命的困惑不同，施玮在《灵魂的诗意栖居》中的困惑更多地表现为生命由一个阶段向另一个阶段过渡时的困惑。

对于施玮而言，她不可能像一般女性那样为生活而生活，她生活的全部目标就在于对理想的精神家园的追寻，生命的全部目的和价值也在于对理想的精神家园的追寻。一旦理想精神家园的目标失去，她就会失去生存下去的精神支撑，就必须找到新的理想精神家园来代替旧有的精神家园。

而在法国著名人类学家范热内普看来，生命从一个阶段向另一个阶段过渡的活动，就是“过渡仪式”。他强调指出：“任何社会里的个人生活，都是随着其年龄的增长，从一个阶段向另一个阶段过渡的序列。[1]”而任何个体生命的过渡仪式都包含分离、阈限和聚合三个阶段。

这样看来，施玮这种从原有的社会结构和价值系统中“分离”出来的生命形态，非常接近范热内普所说的“过渡仪式”中的生命分离形式。

1. Van Gennep, A., *The Rites of Passage*, 1908, London: Routledge&Kegan Paul, 1965, p. 3。

施玮与我都出生在20世纪60年代。这一代人都是在激情燃烧的英雄主义教育和偶像崇拜的社会氛围中成长起来的。理想主义、英雄主义的话语在反复不断地重复和强调中，已经游动如岚地活在我们精神的深处，化为精血与骨髓，制约着我们对个体生命与民族国家的认识。

然而，随着历史风云的变幻，昔日狂热的理想被坚硬的现实无情地挤压、伤害，留下一地的碎片。历史的云谲波诡，使我们这一代人陷入了深重的精神困境。

面临着理想精神家园的丧失，一些人开始退缩，一些人开始消沉，一些人开始颓废，一些人开始堕落。然而，也有一些人，则开始了自己精神上的远游。他们像追求自由的波西米亚人一样，在浪迹天涯的旅途中，在与自然的亲近中，重新寻找安放自己灵魂的精神家园。

与这些人一样，施玮在《灵魂的诗意栖居》中表现了精神家园丧失后人生活在荒诞世界中的真实存在困境与身陷困境后的不懈追求。

在《安放自己的房子》一诗中，她写道："无论是梦里的故乡旧屋/还是都市丛林般的楼宇/失去的已经失去/想得到的咫尺天涯//让我可以安放自己的房子/总像穿着芭蕾鞋的舞娘//千万盏灯，没有一盏是我的/不会因我而亮，也不会为我而熄/但我的存在却是真实的/真实得如同星星和月亮。"

同一页中，与这首诗歌相呼应的绘画作品，在内容、主题上都表现出对诗歌的模仿。那就是，在失去理想的支撑之后，无论是古老的地理上的故乡旧屋，还是现代化的都市丛林般的楼宇，对于"我"来说都是陌生的。"千万盏灯"对于"我"而言有什么意义？它们"不会因我而亮，也不会为我而熄"。这里的一切都与"我"无关，我既不属于故乡旧屋，也不属于现代化的都市。

不过，展现人的存在困境只是施玮诗歌与绘画中的第一个层面的意思。

旧有的精神家园已经丧失，"我"生活在一个陌生的世界中，陷入了精神上的困境。那么，"我"应该怎么办？施玮并没有像西方超现实主义诗人那样悲观，而是像提倡自由选择的存在主义哲学家萨特、加缪一样，在揭示了人物的存在困境之后，展现了自己心中的选择。

古老的故乡旧屋，现代化的都市楼宇，既然都不是安放“我”的灵魂的“家”，都不能让“我”像穿着芭蕾鞋的舞娘那样自由地起舞，那么，“我”可以通过选择远游，使自己从“自在的存在”抵达“自为的存在”。

在《芦苇的呼唤》一诗中，施玮写道：“江水，日复一日地流逝/江边的芦苇或节期间或分秒间/明暗、阴晴、枯荣、生死/潇潇……茫茫……/远游的灵魂/何时能听见芦花的召唤？//肉体在俗尘中，安闲地淤陷/直觉却越过思维/一季季，周而复始地/向着天空伸展、绽开、召唤/是求救的手臂？还是/被缚天使那洁白的翅膀？//呼唤我的灵魂回来/啄断，捆绑生命的绳索/呼唤我的灵魂回来/啄醒，沉睡于自怜的心/呼唤天堂的回音/重生我心中的芦笛。”

“远游”是一个具有强烈的象征意味的动词。当我看到这个词的时候，我总是会想到三毛写的《橄榄树》：不要问我从哪里来/我的故乡在远方/为什么流浪/流浪远方，流浪/为了天空飞翔的小鸟/为了山间轻流的小溪/为了宽阔的草原/流浪远方，流浪/还有还有，为了梦中的橄榄树。

人为什么要选择远游或流浪呢？远游或流浪的意义又是什么呢？从人的本性来说，人对远游或流浪是充满着一种本能的渴望的。在远游或流浪中，人可以找到自己纯真的本性，体验到生命的自由。正因如此，无论是西方的《荷马史诗》、马可·波罗的《马可·波罗游记》，还是中国庄子的《逍遥游》、吴承恩的《西游记》、李汝珍的《镜花缘》等，都强烈地表达了人类去远游或流浪的冲动与欲望。

这首诗和作为它的互文本的绘画作品（本书140页），都将芦苇进行了拟人化的处理，芦苇立于江上，面向遥远的天际，抬着头在痴痴地张望。广阔无垠的天空阻隔了“远游的灵魂”与“肉体在俗尘中”的芦苇，致使芦苇重新“吹出天堂的笛音”的欲望，在诗/画的互文修辞空间中，显得遥远而不可及。但是，明明知道希望非常渺茫，芦苇仍坚持不懈地保持着守望的姿势。

不过，如果说与《安放自己的房子》互文的绘画作品的内容和意义主要是对诗的内容和意义的再现，那么《芦苇的呼唤》这首诗的内容和意义则主要是对与其互文的绘画作品的内容和意义的增补与延伸。

随着画中拟人化的芦苇的目光由左及右，我们并没有听到诗歌中所写的芦苇“一季季，周而复始地 / 向着天空伸展、绽开、召唤”的声音。这些声音都只在时间里延续，是绘画无法直接表现的东西。但诗歌将空间中的景物进行了时间化的处理后，就极大地延展了绘画作品的内容和意义。

它使我们明白，远游不仅是对平庸生活的不满，更是对一个新的理想家园和一种新的生存方式的向往，是作者心中最深层次的欲望。而芦苇那种知其难以企及却坚持不懈、无畏前行的精神，那种追求生命永恒的不可动摇的信念和为着精神而战的超越功利主义的力量，使诗歌的空间中洋溢着一股不惜一切的令人感动的激情。

由此，当作者因为旧有的精神家园丧失而感到生命的窘困时，一种追寻新的精神家园的冲动又使她跃跃欲试。从这一意义上看，施玮诗画的分离仪式便呈现出了一种矛盾状态：一方面是对旧有价值系统的怀疑、困惑，另一方面却又从不肯放弃希望，对理想精神家园进行着坚持不懈的追寻。

二、驱魔 / 再生仪式的张力

在《原始文化》中，泰勒指出：“古代人认为，为了使一个状态产生变化，首先必须破坏原有的现状，由现状的破坏而产生和引导出另一个新的状态。[1]”

泰勒这里所说的“破坏原有的现状”属于“驱魔仪式”，所说的“引导出另一个新的状态”属于“再生仪式”。按照原始仪式的规程，人要达到神圣境界，一方面必须驱除内心的欲望与心理阴暗等魔鬼，另一方面必须获得具有神圣的力量的支持。

在《灵魂的诗意栖居》中，施玮以诗歌和绘画的互文形式，形象地展现了自我生命经受“驱魔仪式”后获得的自我觉醒和身份重建过程。

1.（英）爱德华·泰勒.原始文化.连树声，译.桂林：广西师范大学出版社，2005：252.

人类为什么要通过“驱魔仪式”才能获得拯救呢？无论是西方宗教还是中国文化，都有人性本善和人性本恶的两种互为硬币两面的观点。因为罪导致了人类灵性的死亡，于是完美的善的人性被破坏。而在本雅明看来，人类的堕落，是从他们与之直接同一的事物相分离而开始的。他强调指出：“在人的堕落过程中，他放弃了具体含义的直接性并堕入所有交流中的间接性的深渊。[1]”相对于原初的完整、同一，人在把自己变成了万物的主人的同时，也破坏了人与人、人与自然间的原有的和谐统一的关系。然而人性中出于本源的善，需要“驱魔仪式”来除恶，并重建善。

施玮的《对自己惊艳》一诗和它的互文本绘画作品（本书第 20 页），就以隐喻的方式深刻地表现了拟人化的小草对现代技术带来的人与世界的分裂的抵制。

绘画作品与诗歌具有高度的“相似性”。诗歌中书写的“我像植物般妖娆 / 左看看右看看 / 眼睛被喜悦点亮”“我对自己的一切惊艳 / 活跃地欣赏风景 / 在一枯一荣间得意”的情感，都可以从绘画中妖娆而又蓬勃生长的小草的动作、表情，左右跳动而又张扬的眼睛中找到印证。由此，绘画“为抽象的文字提供一种具象的现实、一种在场感、一种体验性”，诗歌“为表象的图像提供一种深度的表意、一种象征感、一种抽象性”，形成了“一种既相互联系又相互独立的艺术张力[2]”。它们共同强化的意思是，人类在借助现代技术把自然变得日趋不像自然的同时，也把人变得日趋不像人。人要想获得拯救，就必须对人与自然的这种分离趋势加以抵制与反抗。

那么，有驱魔的愿望、勇气和大胆的行为，人就可以从人与之直接同一的事物相分离的状态中解脱出来吗？人就可以获得拯救了吗？

回答是否定的。人要想重新回到创世起初的完整、同一的状态之中，他在驱魔的同时，还要获得源于起初的力量和启示。

1. （德）瓦尔特・本雅明．论语言本身和人的语言，本雅明文选．陈永国，马海良，编译．北京：中国社会科学出版社，1999：274.

2. 尹鸿．图像时代的文学．《文艺报》，2001-8-17.

施玮的《收集眼泪》和它的互文本绘画作品（本书第 36 页）就表现了个体生命在神性力量的指点和帮助下的获救与再生。

人虽然从那个原初完整、同一的伊甸园走了出来，开始了失去精神家园的流浪，生命也分裂成了碎片，但是，人只要愿意听从良知的召唤，他就会获得超越人本身的爱。眼泪可以被收集成珍珠，语言可以净化为绽放的雏菊。人的生命就会从分裂走向统一，从伤痕累累走向完美无缺。

诗中的“眼泪”转化的“华贵的珍珠”，“词语”转化的“雏菊”，“我”转化的“一条鱼”，都在绘画作品中得到了相应的表现。珍珠、雏菊、鱼都不是现实之物，而是植根在作者的灵性幻想意象上。作者通过诗／画的互文书写，一方面揭示人与自然、上天独立与分离之后所遭受的种种创伤，另一方面也表现了圣善之灵降临到人心之后生命的重建。

生命除了要驱除内心的欲望与心理阴暗等种种魔鬼，重回原初的完整、同一的世界，还要显现出它再生的价值，还要显现出再生的意义。

施玮的《低处》一诗和它的互文本绘画作品（本书第 104 页）就展现了生命在蒙受上天的感召后，生命再生的价值和意义。

作家黑塞花费了 12 年时间创作了《玻璃球游戏》一书，对希特勒法西斯主义对自我的独立生存的精神空间的毒化表示抗议; 朋霍费尔为了捍卫真理和正义，他在希特勒法西斯主义暴行面前毫不屈服，英勇无畏地参加了刺杀希特勒的密谋行动，大义凛然地走向了巴伐利亚森林边缘的刑场。

在和平年代，个体生命当然不会像黑塞、邦赫费尔那样时刻面临着被伤害的危险，也不需要像黑塞、朋霍费尔那样以生命作为代价，去抗击邪恶的势力对个体生命的伤害。但他仍然需要保守自己的内心，淡定从容地面对着物欲横流的时代，面对利欲熏心的失灵的俗人。

施玮的《低处》一诗和它的互文本绘画作品，都以空间位置为聚焦点，对具有对立的思想、品质、命运的人进行了多层面、立体的比较。那些热衷于在“高处”活动的人，有“失重的痛苦”“跌落”的恐惧，他们的行动“惊慌”“虚夸”，他们是“踩着钢丝竭力平衡肉体与灵魂”的人生演员。与这些喜欢在高处进行“没完没了的蹦极”活动的俗人相比，“我”却愿意“将四肢和心灵，平摊在/低处”，“让头脑/从容地流淌成一汪幸福”。绘画作品利用两种人在空间位置的距离和差异，强化了身居“高处”者踩空的身体、紧张的姿势与乐在“低处”者放松的身体、自在的姿态的对比，突出了人的存在受到外物的束缚后的被遮蔽、无根基的特性和人的存在面对此在的沉沦、被抛的抵制后的澄明性和诗意性。

不过，绘画对动作中的某一顷刻进行空间表现具有极大的优势，而在表现时间流动性和人的精神世界上却受到限制。在这方面，诗歌可以以己之长弥补绘画之不足。像“我却趁命运打盹/剪断系住心灵的线/放开握紧的双手。直落——/落到最低处”的诗句，就是一种时间性叙述。它唤起人们更多的想象和思考，表现了“我”对工业文明、喧嚣社会对人的挤压，侵蚀的抗争和对自在随心、独立逍遥生存状态的追求，将绘画的平面空间扩展成有纵深度的、在时间上流动的个性空间。

这样，诗歌与绘画的相互补充、相互激发，共同强化了一个博大精深的思想，那就是，人们如果过分地追求科学技术带来的利益，将工具理性和功利实用提升到无以复加的高度，那么，他们就必将在丧失生命灵性的同时，失去存在的依托和精神的家园。而他们只要能保持内心的宁静，就能实现生存状态的自在随心，就能诗意地栖居在这片大地上。这里，“诗意的栖居”，既是施玮对生活意义的一种追求，也是她对人的自由天性的一种张扬。

施玮是一个跨越了文学、绘画、哲学等学科界限的通才，有着诗人的灵气，画家的敏锐，哲学家的睿智。因此，读施玮的诗画集其实并不是一件轻松的事，它对我们的知识结构形成了较大的挑战。

20 世纪 80 年代以来，谈诗画关系的人越来越多，然而，能够将诗歌和绘画知识加以贯通的人少，能够将诗歌和绘画技能加以贯通的人更少，能够以理念统合互文性的诗歌与绘画的人则少之更少。我们常常见到的“诗画一体”的情况是，要么是诗人在画中题诗，要么是画家于诗中绘画，而无论是前者，还是后者，诗画符号的“能指”与“所指”之间经常呈现出单一的对应关系，而不是一种相互激发、相互生成、相互碰撞的关系，导致欣赏者在读图和诗歌的时候，往往不是把诗画当作一种与作者、欣赏者多向对话的开放的互文本，而是将绘画或者诗歌视为一种符号意义空间呈固定状态的镜像文本。

施玮的诗画集的超常之处在于，她的诗歌与绘画不是机械地连接在一起的，而是凭借着一种带有精神支撑的“道”，一种生命灵性的观念，一种同构的生命仪式和信仰连接在一起的。

也就是说，施玮对于诗画相通的贡献，就在于她对诗歌与绘画的本质特性和终极目标的深邃的认识。这部诗画集之所以命名为“灵魂的诗意栖居”，一个非常重要的原因，就是诗歌与绘画活动的终极目标都是为失去精神家园的生命提供一个充满诗意的居所。生命诗意的栖居的状态，是一种本雅明所说的生命真正返回到了一种人与自然、上帝同一、整合的灵性的状态。

由此，生命意识构成了这部诗画集诗歌和绘画的内质。因为它，那些富含东西方智慧与形而上思辨的诗画，毫无枯涩之感，那些充满天马行空的想象力和直观感性的文字，则闪烁着强烈的灵性和理性之光。

这部诗画集的诗歌和绘画的形体虽然不大，却展现了生命回到一种与自然、与天地，同一、整合的灵性状态的过程。欣赏者要认识、理解这样一种过程，除了要拥有文学、绘画、哲学等多学科的知识以外，还要有一种与作者一样的化繁为简，化动为静的平常之心。热衷于功名的人读不了这部诗画集，热衷于物质利益的人照样读不了这部诗画集。而拥有平淡心境和细致的耐心的欣赏者读这部诗画集，可以感受到作者的笔力、功力和学力，可以发现诗画中的骨气、神气和逸气。

这，就是施玮的这部诗画集最为独特的价值，也是这部诗画集最使我感到震惊的地方。

2018 年 8 月 15 日于武汉大学

目录

和自己跳舞

2016-01-11

我总是和自己跳舞
不是因为孤独
只是为了一种
至高的和谐

往昔与现在
内心与外貌
童年，一朵舒展的太阳
在舞蹈的长袖下
艺术是曲折的变形
也是抽象的隔离

梦想与现实
纠缠……翩跹……
一枝淡定的心魔
盛开着，旁观

安放自己的房子

2017-06-21

无论是梦里的故乡旧屋
还是都市丛林般的楼宇
失去的已经失去
想得到的咫尺天涯

让我可以安放自己的房子
总像穿着芭蕾鞋的舞娘

千万盏灯，没有一盏是我的
不会因我而亮，也不会为我而熄
但我的存在却是真实的
真实得如同星星和月亮

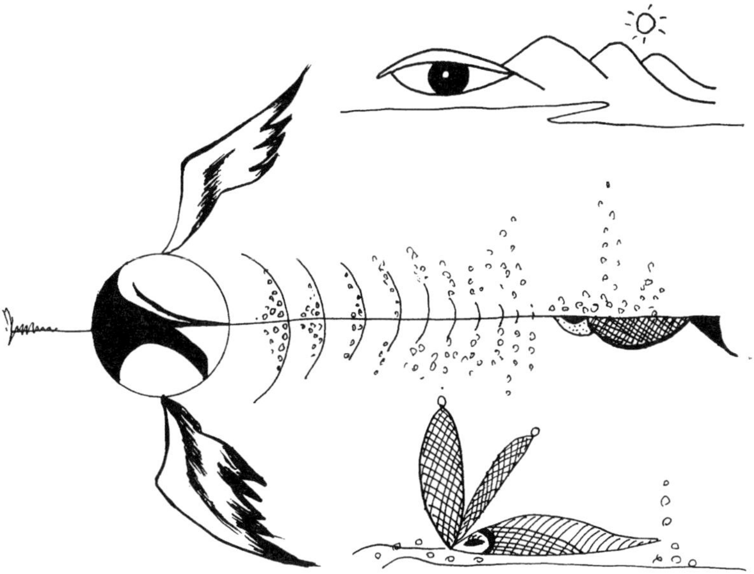

一条鱼的骸骨

2016-01-11

时间，一条鱼的骸骨
血肉都化成了五彩的皂泡
或是黑白平实的气泡
离开骨骼，四散而去

此刻，是个巨大的脑袋
匀速地向前飞翔
将山川丢在后面
将记忆丢在后面
将一句没有写完的话
丢在后面

太阳似乎永远贴在天上
在山影的保护下
我才能睁大眼睛
盯住时间，分一杯鱼羹

观看

2016-01-11

我在宇宙的内核中观看
我在鳗鱼的腹中观看
我在一根线条的尾部观看
我乘着飞翔的种子观看

视线脱离眼睛
以叛离的姿态观看
思考脱离知识
以恋爱的形式观看

而我，主动地被离弃
以局外人的冷静观看
观看人与人之间的彼此观看
观看植物与植物之间
的心有灵犀。一只狗
走过我的生命……在雪原上
留下一枚枚吻痕

花，无语时

2016-01-12

花，总是喧嚣
直到被一双眼睛
盯住，看得久了
看入骨髓。突然
就噤了声

简化成几根线条
妩媚而智慧
花，无语时
才有香气

我衔着初春

2016-01-12

我衔着初春
雪山衔着我
我们在阳光里行走
让光梳理线条

我的眼眸温柔
是小麻雀们的母亲
它们低头觅食
我为它们衔来春天

我从哪里来

2016-02-03

树梢在动，云在动
却无人看得见风
从混沌中生出万物
风，铺悬于黑暗的渊面
用声音孵化虚空

看不见的原子粒子电子
呼吸着看不见的波
光，因一句话凝聚
道，涌动着生命的原浆
说有就有，命立就立

天上的水，天下的水
谁是风中湿漉漉的微粒
我被一个意念采撷
在一口气中，活了
见证带着启示的风痕

我从有中来，必再回到有
无，只是此生对自己的旁观

家是平平常常的安

2016-02-08

一条裂纹会让你
痛不欲生
成为越不过的天堑
断袍断水的刀

两道……三道……
曲折而细密
就成了日子的底纹
花开花谢留的痕

家是平平常常的安
将裂纹当了花饰的床单
并且用旧了，分不清
是哪一种花语

被一个男人罩着的女人
开枝散叶结果
却仍需要四面安心的墙
鱼，游在血脉中
成了家的魂

静物

2017-09-15

一盆静物在我的桌上
书桌却仿佛是一片遥远的海
一盆不肯安静的植物
肥美的叶子，总是在等待风

在另一个时空，我们曾经相遇
你们是群美丽透明的翅膀
我只是一朵花怀着生命的种子
却迈不动脚步，无奈又悲哀

时空交错，你们被栽在盆中
根须疯狂地纠结在暗处
而我正在天上地下——游荡
隔着宽阔的水面与你们偶尔互望

蜗牛与树

2016-01-14

我是只行走的蜗牛
一步一步缓慢却有节奏
树在我前方，也在身后
苹果在天上，也在肚中

你看我，或不看我
都改变不了我的姿态
你爱我，或不爱我
都改变不了我的心情

我把童话活成现实
树只是故事里的道具

我的太阳

2016-01-15

各人仰望各人的太阳
自己的太阳别人看不见
用仰望，把自己和人群分开
用仰望，让雾霾
回落尘埃

我的太阳盛开还是谢落
都与他人无关
我孕育了它，也被它孕育
以它为食
也被它吞噬……

我的太阳
是天外抛来的绣球
在嫁与不嫁的挣扎中
我已盘根错节
我的太阳
一颗划过唇边的流星
寂寞的唇，只能放回书架上

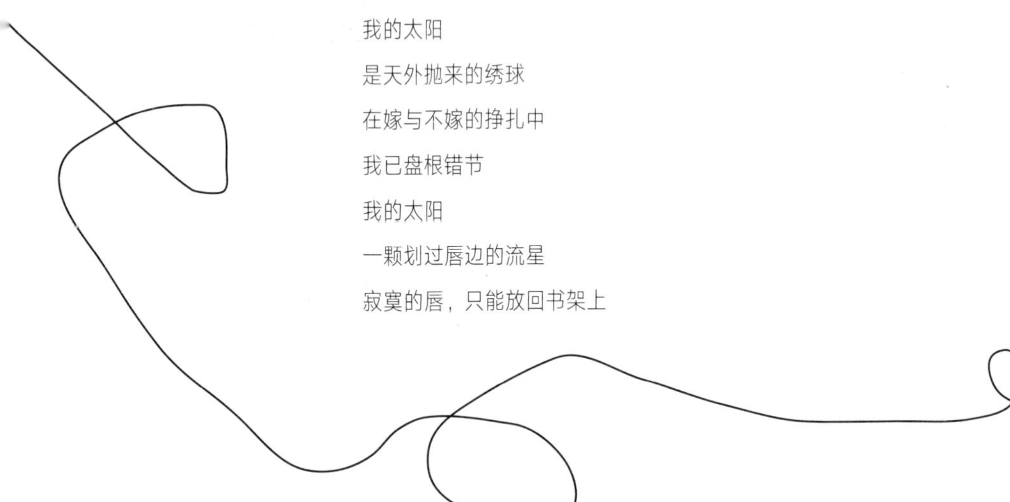

对自己惊艳

2016-02-01

我像植物般妖娆
左看看右看看
眼睛被喜悦点亮

站在水泥和土地的边界
侥幸被除草机遗漏
我不是有价值的绿茵
是棵拒绝腰斩的杂草

相信上帝创造的唯一
我对自己的一切惊艳
活跃地欣赏风景
在一枯一荣间得意

美，在水一方

2017-06-12

有时，我的思绪混乱
往昔，今日，未来
亭亭玉立，却难以分清

这种混乱未尝不是幸福
串在线上的时空
岂不也可以盘在锦盒里

或者干脆把线抽掉
就可以看千年如一日
进入永恒的自由中

歌吟挟裹着理性扶摇直上
超越了眼见和时空
美，在水一方

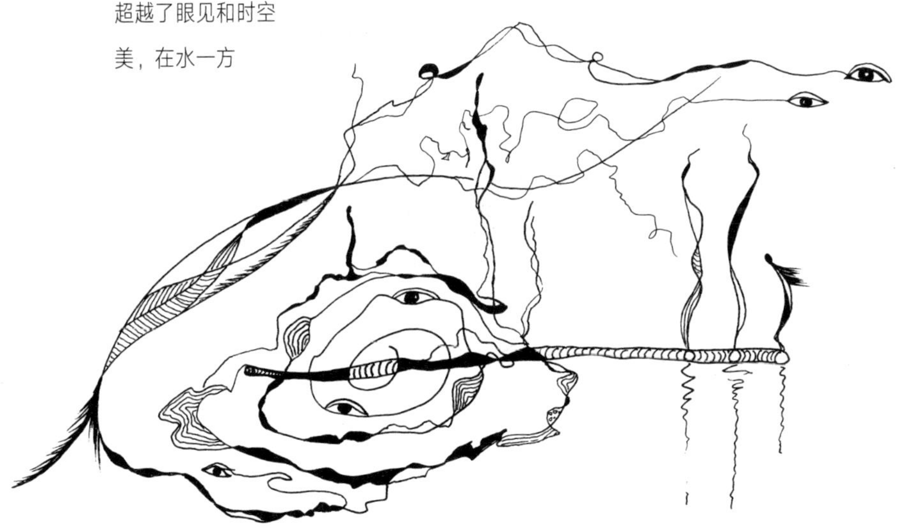

规矩

2017-06-12

我规规矩矩地生长
长成一棵美丽的树
日子规规矩矩地黑白
将阴晴描画成图案

年轮规规矩矩地
在我的里面划圈
一圈套着一圈
长成逻辑

只有哭与笑
突然戳破规矩
张开小小的手掌
抚摸阳光

寻找自己的影子

2017-06-18

你是否在寻找自己的影子
在深夜寂寞的路灯下
更在烈日当头的正午
在人群中，在拥挤的陌生人中
或是在循规蹈矩的行列里

没有一只温热的手
真的，能触碰到你
仿佛穿着一件绝缘的安全衣
只是低着头，寻找自己的影子

或者看不见，或者看见了也陌生
你被你的影子举着
一块名不符实的标牌
入场或是退场，又有何分别

雨天，潜游在各样的线条里

2016-01-17

竖的，从天到地，断断续续
有的到不了地，半途冻住
成了朵美丽的冰花，说着梦话
有的砸在人言里溅起
一群乌鸦，鸣叫着，飞过记忆

横的，卧在高速公路上，闪亮
或回旋，或射向遥远
唤不回来的逝去，一个气泡
一句客观而冰冷的陈述
往昔和未来握手，今天是杯冷茶

线条一根根落在了纸上
丈夫下班回家，说，外面没下雨

命运披着一头长发

2017-06-21

命运总是踏着云来看我
戴着个无脸的面具
没有眼睛鼻子就没有表情
没有嘴，所以从来不对我说话

命运披着一头长发
浓密而卷曲。一些神秘的诗行
句子带着旋律，文字却静默孤立
我在自己的小屋里睡眠
拒绝命运的打扰，拒绝想象

他却一直不断地来
让诗句般的长发
卷曲着，钻进我的梦
仿佛钻入一瓶红酒的软木塞

与太阳打个照面

2017-06-22

太阳每天都升起
无论阴晴
无论昨夜的梦中是否有泪

我每天也都要起床
与太阳打个照面
无需互表关爱
却都坚强了

永恒，让云的来去成为审美
永恒，也让秋叶
安然地离开枝头
将金色的辉煌融进大地
成为四季对太阳的赞礼

等待风

2017-06-23

我是一只等待风的风筝
历史刻在我的身上
是一些无人阅读的铭文
地上的人，人的故事
大片留白，因为无法解读

还有我喜爱的叶子
一些在春天夭折，或者
寿终正寝在金秋
它们把掌纹留给了我

我天真地喜悦着
因为我在等风
无论你怎么说
我都知道风会来

我有一只小狗

2017-06-12

我有一只小狗
名字叫蹦蹦
有时它也叫笨笨
阿蹦，或是阿笨
不过是我对自己的描述

我的小狗是我的镜子
它将隐藏的那个我
显在我面前：骄傲而脆弱

后来它死了，回到了我里面
蜷曲雪白的一团
睡在记忆里……

在记忆的海底

2016-01-04

在记忆的海底
有些事长得肥硕
一片片齿状的锯刀
以植物的面貌
隐藏狰狞

你一枝独秀地疯长
戳破海平面
以烟花的样子
将危险凝固

太阳开始抽丝
嫩芽是天的语言
一字字地呼唤
让沉睡的鱼吐出气泡

在自己的丛林中游荡

2017-04-05

在自己的丛林中游荡
灵魂如鸟儿般歌唱

睁开眼睛如初生的婴儿
眸子中，星光闪亮

你在宇宙之外笑着看我
笑声一朵朵撒落

我展开自己的瘦弱面对你
展开一岁一枯荣的生命

你在哪里？永恒的问询
在丛林中追逐着我

收集眼泪

2017-06-12

你收集眼泪
如华贵的珍珠
你洁净词语
如绽放的雏菊

你以掰开成全完整
你以伤痕雕饰生命

当我亲眼看见你时
我就成了一条鱼
带着你的印迹
游入你的话语

风中的安息

2010-09-15

在风中躲藏
在迅疾流动中静泊
让天堂的细语，浸润
灵魂深处的隐秘

昔日的伤痕，花瓣般
展开卷曲的翅羽
乘坐着光的射线
你我安静地彼此凝视

静观与远离
瞬息间……交替
一滴露水上的天使
金色舞鞋，脚尖旋画着
人生的奥秘

谁也无法猜读那些文字
她们在一滴露水的表面
喜悦地等待着消失
思慕这些细小、童贞的
文字——太阳轻盈的新娘
与她们一同，在风中
融入永恒的安息

线条是快乐的

2017-05-25

线条是快乐的
就像生活的快乐一样
顽皮地对待每一天
击打一只隐秘的皮鼓
让时光和心情
都不得不踮起脚尖

如果你不能让舞蹈
成为生命的本质
哭泣就会将你淹没

安全帽与炒锅

2017-06-23

有些图像莫名其妙
就像有些情绪，有些记忆
人总是希望了解自己的思绪
然后控制它，整肃它
用一顶安全帽，或是一只炒锅
将危险的思想盖住

逻辑与审美有时只是假发
从帽檐垂下
带着虚假的弧度
生命却一丝丝地蒸发
纤弱地钻出安全帽
梦也总是不甘心在炒锅里
被油腻的饭菜喂饱

灵魂跟随着面具

2017-07-03

我跟随着我的影子
灵魂跟随着面具
这个世界需要人信心满满
高抬头高抬腿大步行走

灵魂心惊胆战，注视着
这个趾高气扬的“身体”
呼唤，他却听不见

不知要到几时，我才可以
放弃这庞大的影子
任凭他在江湖中
来去，或生死

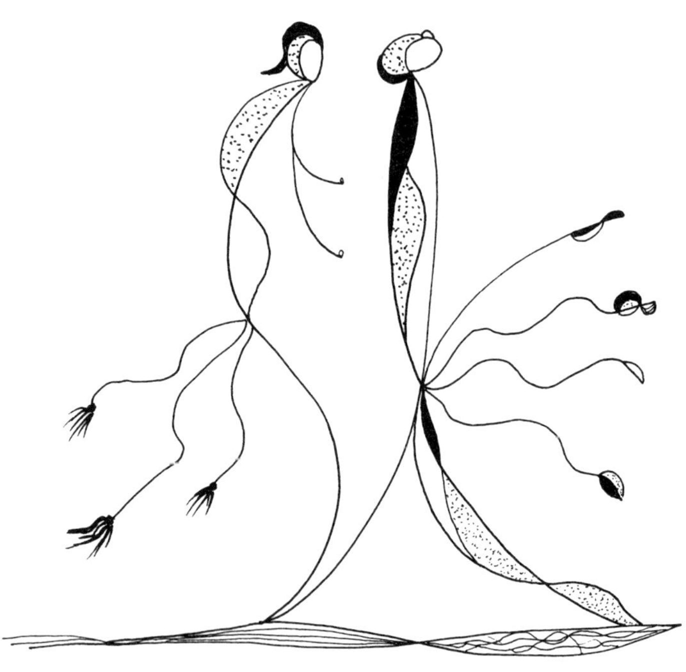

魂兮，归来

2015/03/17

魂兮，归来
却找不到栖身地
水泥地将种子封在土里
天空中没有鸟只有风筝

魂兮，归来
吃喝嫁娶，人们忙碌着
被动地生，争抢着死
石碑上只刻了肉体的来去

魂兮，归来
不能开口唤你。一开口
残存的气息就飞了
留下了空空的饭袋子

魂兮，归来
从逝者坟前走到生者门前
生死都向它关着门
任凭叩门声敲碎唐诗宋词

魂兮，归来
跟着我游走四方
走得出的，是地方
走不出的，是阳光

一只能够孕育生命的孔雀

2017-07-03

对于一只可以孕育的孔雀来说
羽毛是不重要的
因为无须开屏来证明存在
美丽，被融在体内
在每一块肉体中悄无声息地膨胀

经脉，拉成夏夜的紫藤
骨骼，瘦成柔韧的枝
每一块肌肉
都是一朵独一无二的花

一只能够孕育生命的孔雀
可以躲在山鸡般的身体内
冷眼回望轻浮的看客

心满意足

2017-06-12

我常常心满意足
一片叶子，一朵花
空气像一杯新榨的橙汁

心满意足的时候
没有记忆，没有昨天
也暂时不需要明天

爱，像是掺了蜜的微风
在我的嘴唇上扫来扫去

面目可憎

2017-07-03

有的时候我面目可憎
太阳也面目可憎
雨悬在云上，吓得不敢亲近
头发像荒原上的杂草

有的时候，我需要并坚守着
自己的面目可憎
以不合作的愤怒抵抗昏睡
抵抗温度适宜的审美
抵抗被幸福洗脑

有的时候，我像狮子般
大口呼吸着心灵的旷野
有的时候
我必须醒着

在梦中……

2017-07-03

常常会做一个梦
梦中的我思考哲学
但头发稀少
宇宙好像一个巨大的钟
各种各样的齿轮
精密地啮合且歌唱

我的口被一枝花封住
不能发出声音
银河般的数字
在梦中风般流动
睁着双眼假装平静

命运……

2017-07-03

命运有时也会像气球
被放飞在日子的头顶
一场生日派对
一场为儿童装饰的喜庆
一只只色彩缤纷的气球
飘在空中
装点着某个日子

命运是一些优雅随机的线
掩饰着高低起伏的人生
线，一团团缠绕，一根根垂下
在岁月上
签一个谁都看不懂的名

那只黑暗的大鸟

2017-05-25

那只黑暗的大鸟
总是突然从遥远的背后
飞来。让我毫无防备
这一刻就混乱了
空气战抖着乱了方寸

这只从背后飞来的大鸟
乌云般罩住我
我不知道它要做什么
是恶意，还是善意？

每一次我的持守
就是冷眼旁观

断了，垂入沉默

2017-08-02

在花的影子中躲藏
在山的影子中埋藏
灵魂如籽粒般消化
成为泥土中的气息

哭泣与叹息冉冉升起
归入花的体香
归入山的魂魄
故事都瘦成了丝弦
断了，垂入沉默

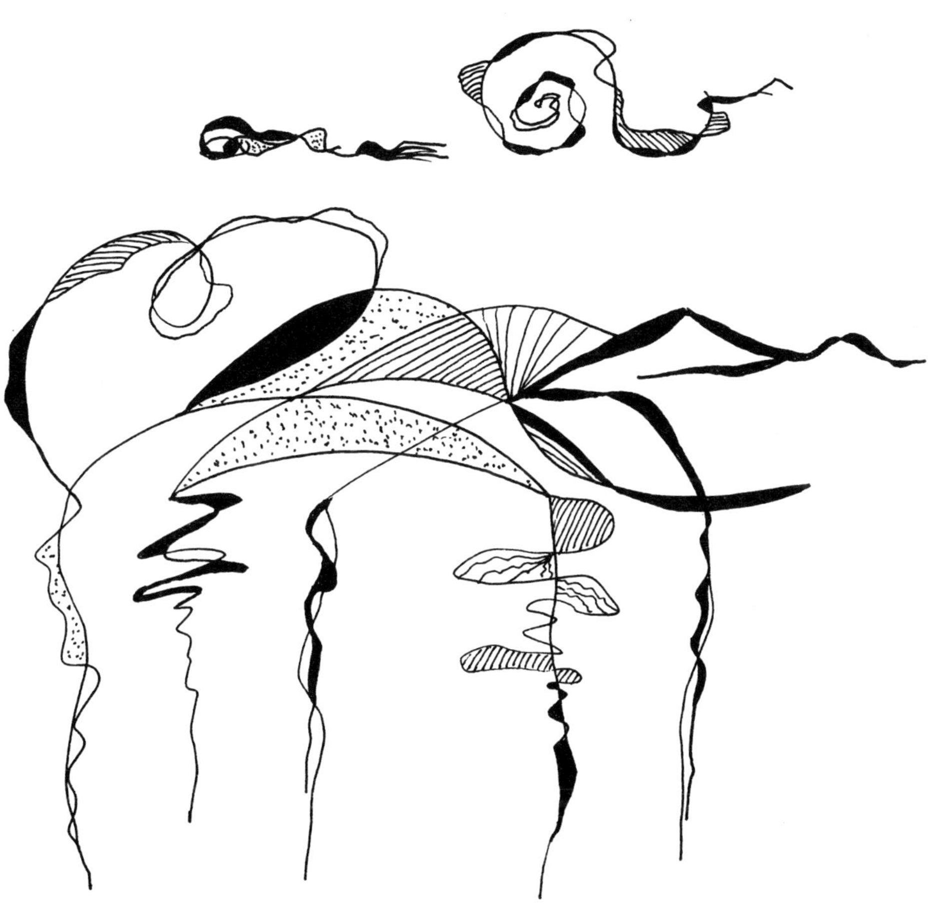

共享一个子宫

2017-08-02

我们曾共享一个子宫
我走了出去，仅仅为了一声召唤
你留在子宫中
拒绝生长和诞生

星星和雨都被母亲顶在头上
我像个太阳般热烈地生活

越走越远，终于走出了她的视线
而你一直活在她的腹中
等我回来，等一朵花完成
绽放和凋谢的过程

太阳被绑上了铁链

2017-08-02

太阳被绑上了铁链
仍然恪尽职守地发出光
只是不冷也不热
平淡地亮着

山川与河流
在平淡的日子里交配
融为一体，女性的，母性的
跪在我的面前
向我俯下身来

那一刻，我娇嫩妖娆
一心诱惑她
张开口吞了我

我不是孔雀

2016-02-12

我不是孔雀
只是小小的麻雀
巨大的繁华与我无关
奢华的翎羽
是别人为我披上的斗篷

你不用看它
更不必等它开屏
转钟时分，脖上
丝绸的捆锁就会断开
沉重的荣耀落在地上

我珍视自己小小的赤足
要在童话里
印一串快乐的痕迹
我喜悦自己灰褐色短毛
享受啄食谷粒的情趣

我不是孔雀，只是麻雀
我得意地被造物主爱着
还被另一只大号麻雀
视为尤物

被天一口吸去

2017-06-23

诗句如水一般从心中流出
不再是呕心沥血的苦吟
不再是灌醉自己的酒
水流，自然而清澈
带着灵魂的喜悦
浸染时空

语言，诗的肉体
在灵魂舞蹈的时候
被忘却。成为呼吸的延伸
隐在风中

我的诗曾经是石头
后来开口歌唱，再后来……
成了风
被天一口吸去

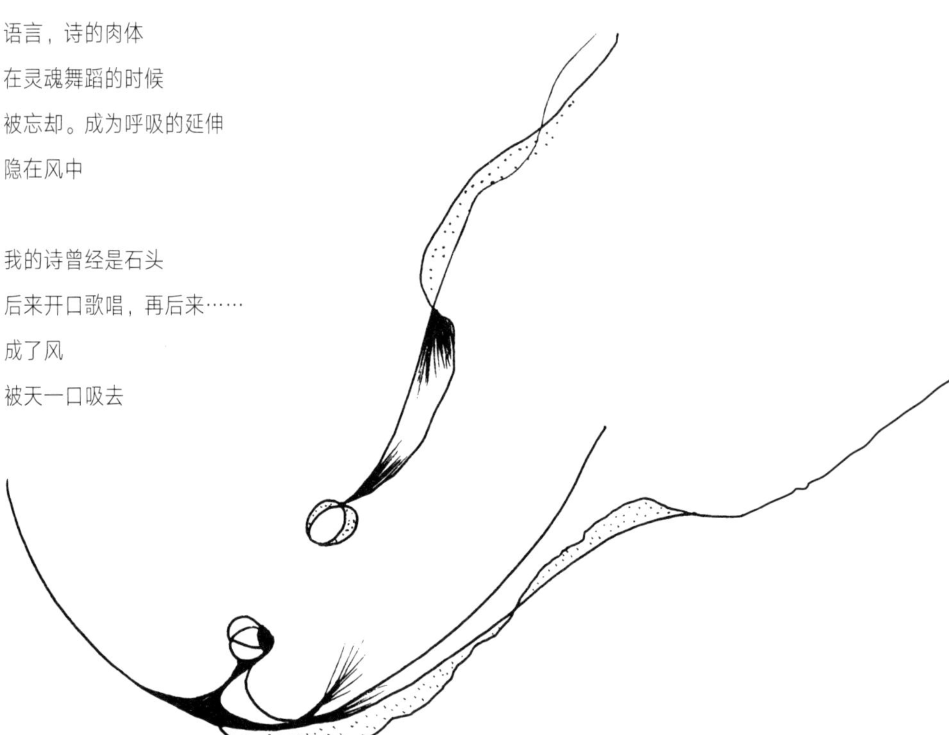

简化成了一粒种子

2017-08-03

年过五十，我简化成了一粒种子
一粒随时可以消融的种子
骨骼炼成了绕指柔的线条
血肉成了泥土、液体、气息

年过五十，我的言语
如含羞草般收拢
让圆润的微笑替代牙齿
删繁就简，因为需要节约生命

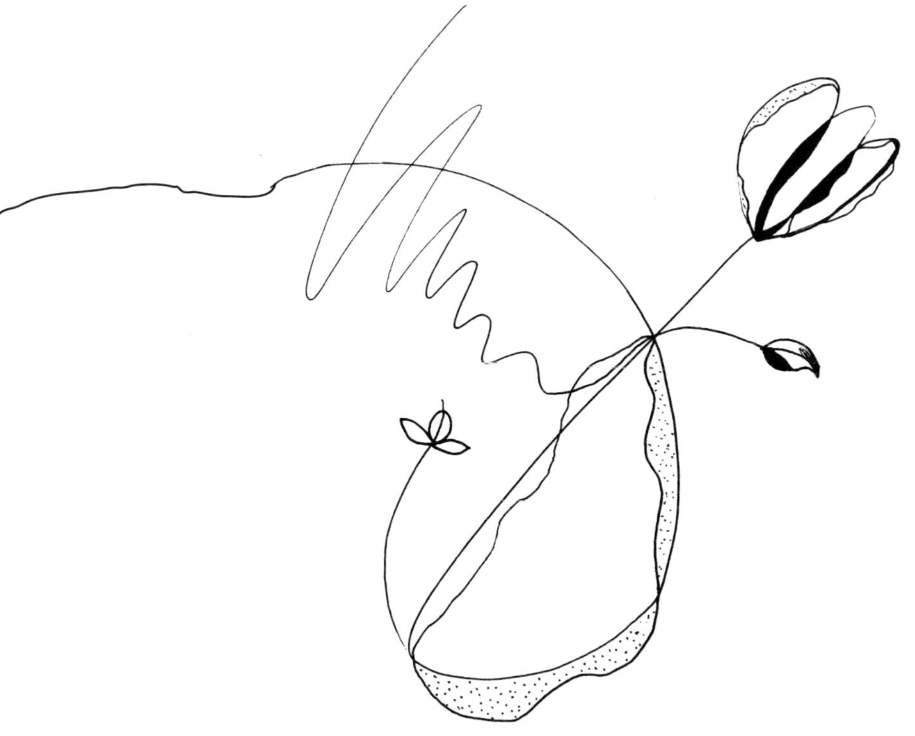

在人群中

2017-08-03

在人群中，却无法与人触碰
观望，却无法看见
孤独的女人们
再也唱不成一台戏
我们彼此断裂了联结

你行走，却总是在原地
我言说，却听不见自己的声音
天空再也不下雨
失去爱恨，时空也懒得挪步

只需立锥之地

2017-08-03

躲在花的根部
藏在叶的荫下
不求绽放，也不需要恣意
我站立在低处
只需立锥之地

花开花谢，在野外的山谷
云来云去，在都市的天空
给我立锥之地
让我有时间悄悄地完成
从破碎到圆满的过程

男人的八卦

2017-08-03

无穷无尽的会议
在椭圆形的会议桌旁
一帮形形色色的男人
以学术的名义享受言说

用荆棘般丛生的逻辑
缠绕成一团乌云
囚禁心底赤子的眼眸
遮蔽苍穹中的光

人类在女人的八卦中充满细节
在男人的八卦中制成标本

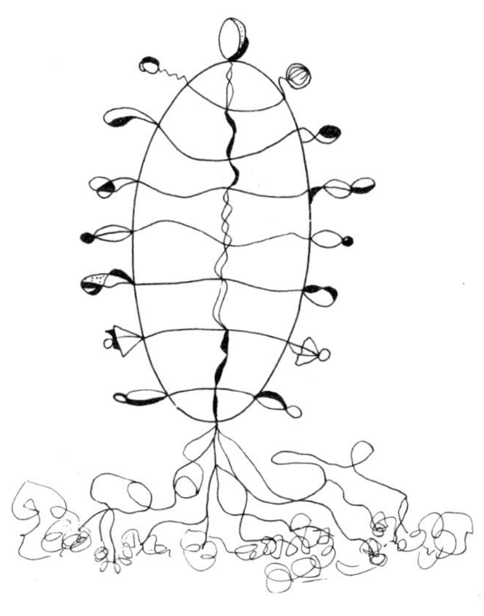

我看不见你

2017-08-04

让我与你同行，虽然我看不见你
你使天上的水与天下的水分开
我活在你诗句的液体中
呼吸的微波是写给你的情书

你在宇宙之外，在时空之外
欣赏我的游动和歌唱
我是你渺小的影子，却不可忽略
用嘴来与我亲吻吧
我看不见你，却充满了对你的感知

无题

2017-08-05

我的路在你的手中
生命根植于你的言语
如云的翅膀，却无法让脚
离开大地
太阳和月亮是沿路的灯

黑夜被你的一句话照亮
眼泪，被收集珍藏
太阳脱了举丧的麻衣
如新郎出洞房
月亮，却在密室中
细细梳妆

我是造物主脚前的童女
天地山川是父亲打造的桌椅

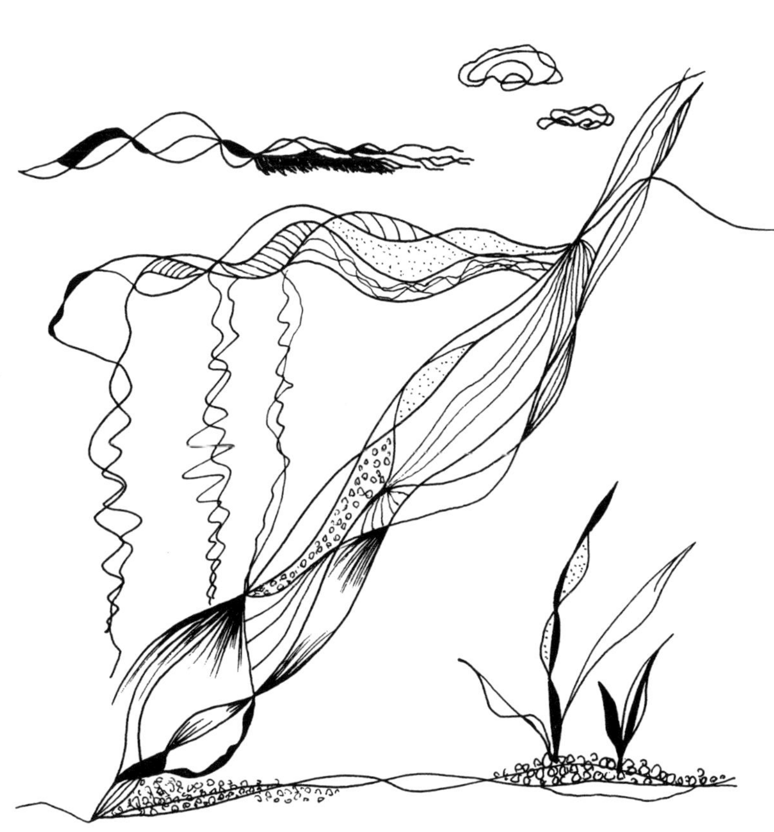

在一棵抽象的树下

2017-08-05

你是我的母亲
你在一棵抽象的树下等我
太阳升起又落下，急归所出之地
风往南刮，又北转
不住地回旋，却没有为你带回女儿

你端坐着，在日头之下
渐渐化为浓情的山
你是日头之上的永恒
在人间的倒影，让母性
渗入日头之下的虚空

你是我的母亲
而我已经走上了寻找父亲的路

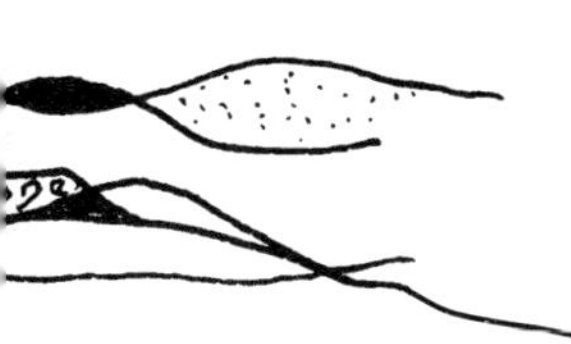

苍穹是你唇边的呼吸

2017-10-31

我的梦一片荒凉
是谁，如云一般飞来
试图亲吻我
孤零零的一叶
惊怕地避开，却不能逃远
对爱的渴望是风筝的线

苍穹是你唇边的呼吸
却不曾吹灭一瓣将残的火
这是一片叶子
与整个宇宙的故事
结出的子粒
孕育着下一个绽放

天，常常来访

2017-09-13

我构架我的天地
种植感性的花草和不知名的树
又用理想布好浇灌系统
伸出梦的手臂摘下果实与星星

在我的世界里，太阳是爱的旌旗
时空的蜂巢常常蜡一般熔化
流了一地滚烫的泪
只为凝固并显现天使的脚印

在我的天地中有一个祭坛
天，常常来访
有时闲聊，有时如火
天火是蓝色的水，将院子洗净
感性与理性仿佛缠绕升腾的馨香

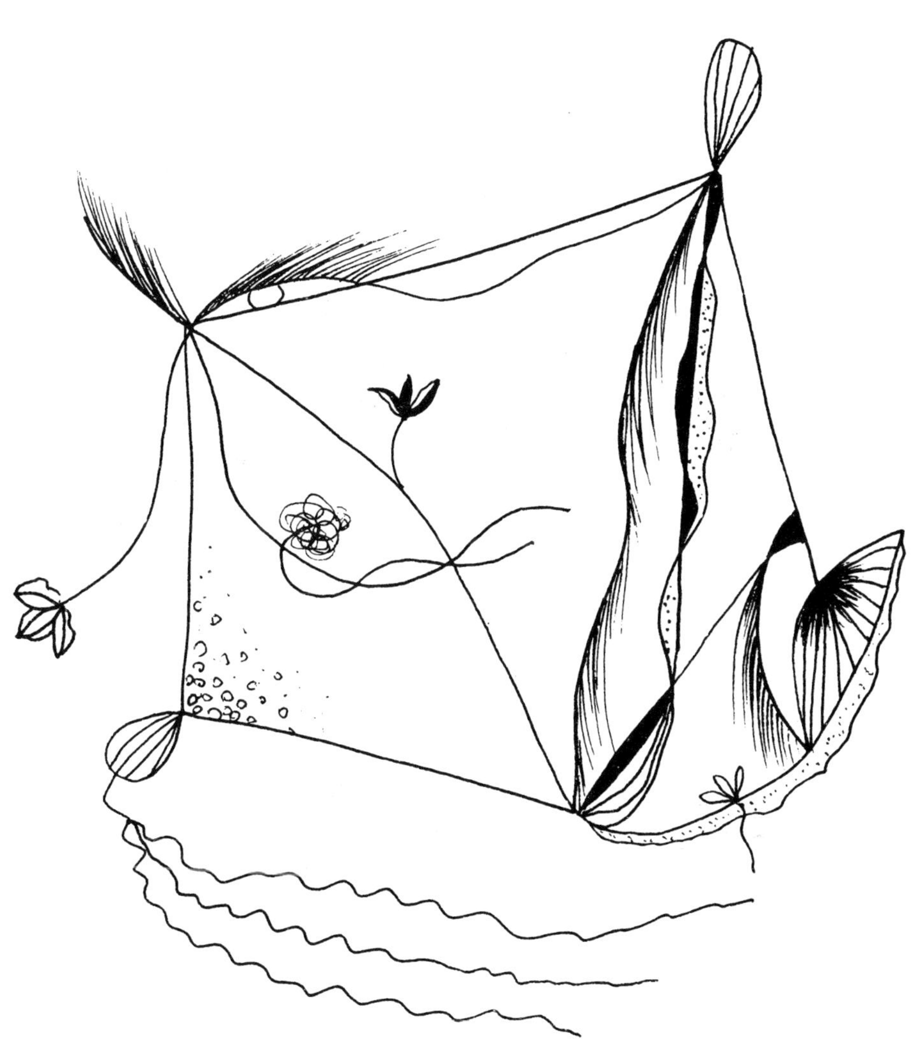

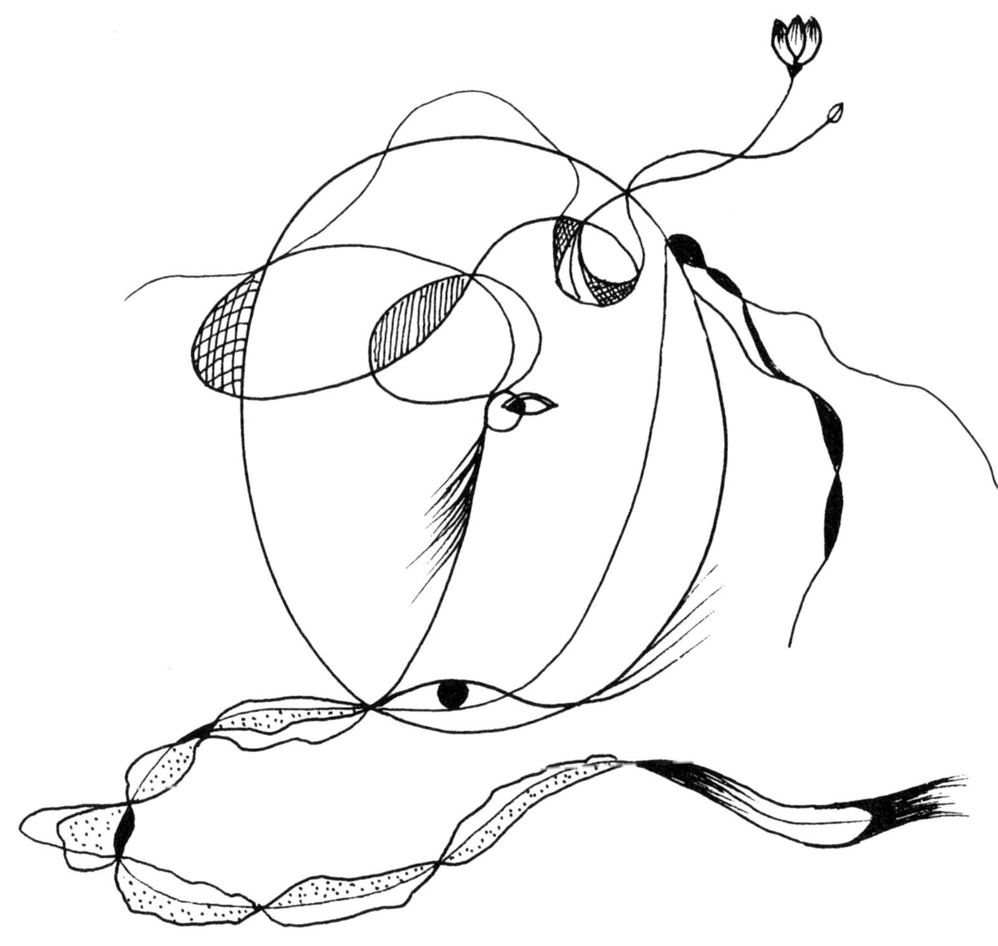

他说：我住在你里面

2017-09-15

超我。本我。真我
自省的眼眸没有视力
有时升到高空，有时沉到水里
我在高外不胜寒的虚谎中自视
我在深夜的泪水中自怜

一粒微尘却也是一个完整的世界
他说：我住在你里面

看不清我，因为看不清“我是”
我是那显明的事，还是隐秘的？
在宇宙之中聆听宇宙之外的声音
对“我”的诠释
写在那册子的哪一页？

用祭火烹饪……

2017-09-15

孩童的天真，老人的淡泊
勇士的激情，隐者的平静
这一切在我里面缠绕零乱
互为表里，无法分割

日复一日，我在献祭的狂热中
也在世俗的日子里
用祭火烹饪平凡的琐事
用文字为沸腾的思想泄洪

我是天的女儿，是光的佳偶
是被爱的吻印封闭的泉
年复一年，织一匹细麻布
酿一坛女儿红
等着婚礼……

我以外的远处

2017-09-19

我的灵魂似乎被寄放在
某个角落，一个我以外的远处
但这个远处并不遥远
与我只是隔了道眼睛看不见的墙

我在四墙以内，因缺乏运动而肥大
它在外面，因食物简单而清秀
瘦小的它有一天探身进来
蓝色身体，绿色羽毛，深红的眉

星星般的黑眼珠闪闪发光
注视着我，询问，审判，怜悯
我的身体静止在它的目光中
生怕一个意念就惊飞了它

一条小蚯蚓

2017-09-19

平凡而沉重的日子
把人挤压成一条条小蚯蚓
我们努力，我们挣扎
只为了存活，我们吃着不干净的土

我们蠕动不是为了花的根茎
不是为了地面上满园的美景
那不是我们的世界
超出了眼界与想象

在土层的下面，我们爬来爬去
吞吃更渺小的虫蚁，弄松周边的土
却不知道上天赐予的意义
正在土层的上面
按时开花、凋谢、结果

举起你的手

2017-09-19

手，除了需要做事，还会因为
别的理由举起。或主动或被动
手举起时，人必须站起来

身体不站起来，心也要起来
顶天立地，言说或是沉默
都是不容忽视的意见

匍匐者举不起他的手
只能举块木牌或是白旗
长着顾左右而言他的眼睛
伸出盘根错节的根

人啊，是否能举起圣洁的手
祷告或是祝福
还是匍匐着交换各色大旗

射了一半的箭

2017-09-19

一支箭能射穿几道冰山？
你躲在重重冰山之后
利用冰凌将阳光全部
折射成五彩的光芒

你在这虚假的光芒中
保持着黑暗的虚无
拒绝任何一道光抵达你
拒绝太阳的任何一根手指触及

你用智慧和审美，为自己雕砌
一座水晶钻石的宫殿
却在死亡的墓穴中
悼念那支射了一半的箭

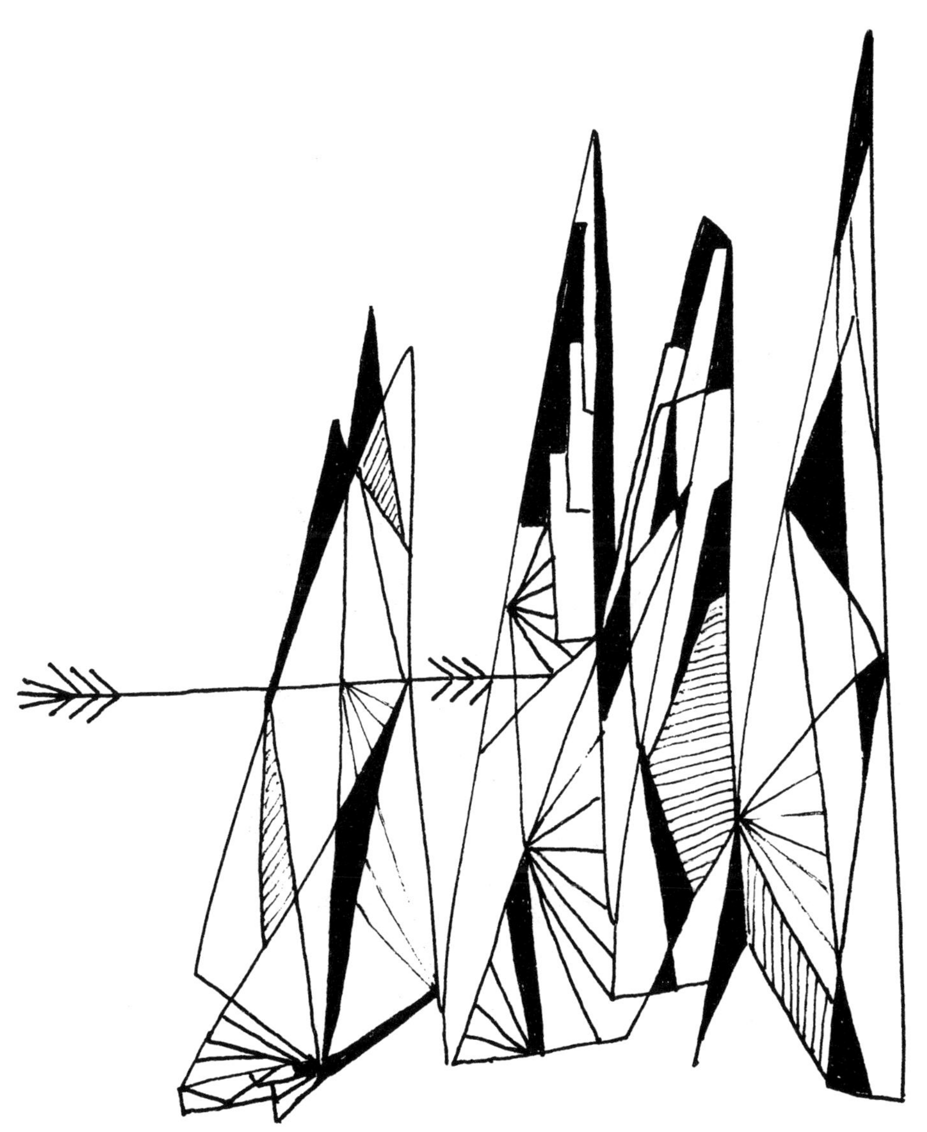

从日子里跳出来

2017-09-20

从日子里跳出来
看一眼日子以外的事物

从轨迹中跳出来
嗅一下轨迹以外的花香

这是一个小幸福
却是一个大智慧

出世与入世只在一念之间
这一念中的智慧，来自一声呼唤
放弃，或信……

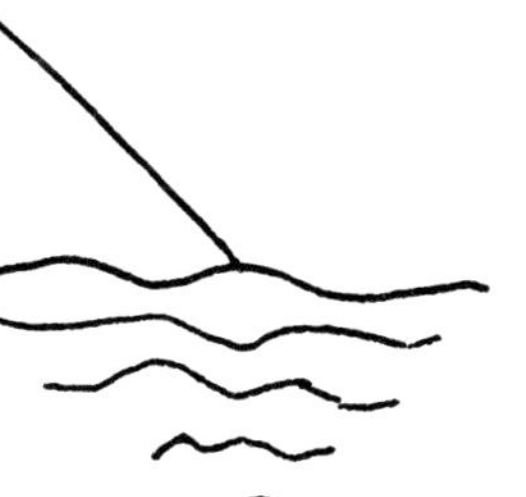

飞身相扑

2017-06-12

相爱是飞身相扑
委身是消融自己
我们的相遇是宇宙间的奥秘

你点燃我
如同创世时点燃太阳
让我的灵魂情难自禁……

飞身相扑，归依生命之源
是始也是终……

弱水三千

2015-03-30

之一

弱水赤了足，在青草地上徘徊

足跟、足心、足尖

粉红脚掌沾了嫩绿和露珠

徒然地美，找不到娶她的人

之二

庞大惊吓了饥渴

三千的波涛，让一只弱瓢

战战兢兢地空悬

爱，化成半杯白开水

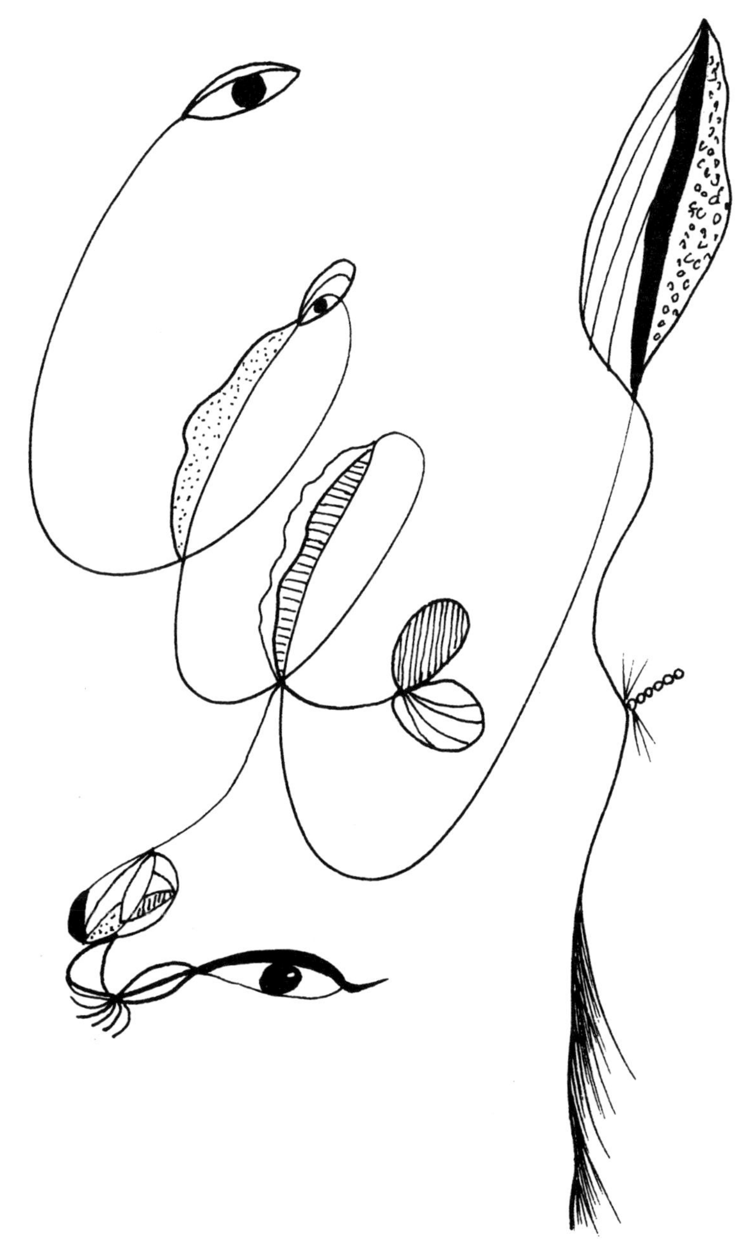

一朵花的声音

2017-09-25

一朵花的声音在梦中传播
一颗种子的声音在土里游行
灵魂急促地喘息
在云层之上，明亮或灰暗

一朵花的声音向苍穹扩散
一颗种子闭上了眼睛
婚宴已经排布，鲜花簇拥
洁白的银边餐具空着

等待一束巨大的麦穗
千百粒麦子饱满、金黄
没有人可以看见。只能听见
他们孩子般脆亮的歌声

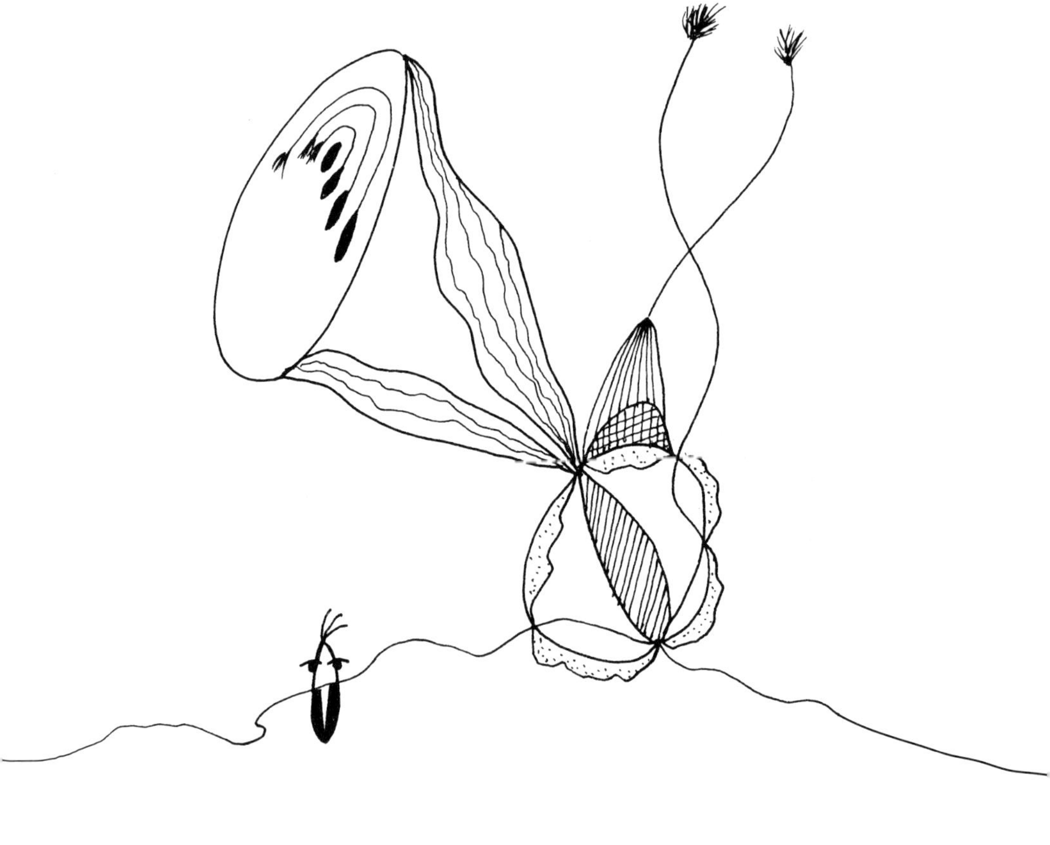

无论你愿不愿意

2017-09-25

无论你愿不愿意
日子总是在向前
从这时到那时，从这地到那地
复杂的曲线
让回忆乱成一团

无论你愿不愿意
有些人和事，沉入了海底
另一些，飘上天空
都不肯彻底消失
也不肯伴你同行

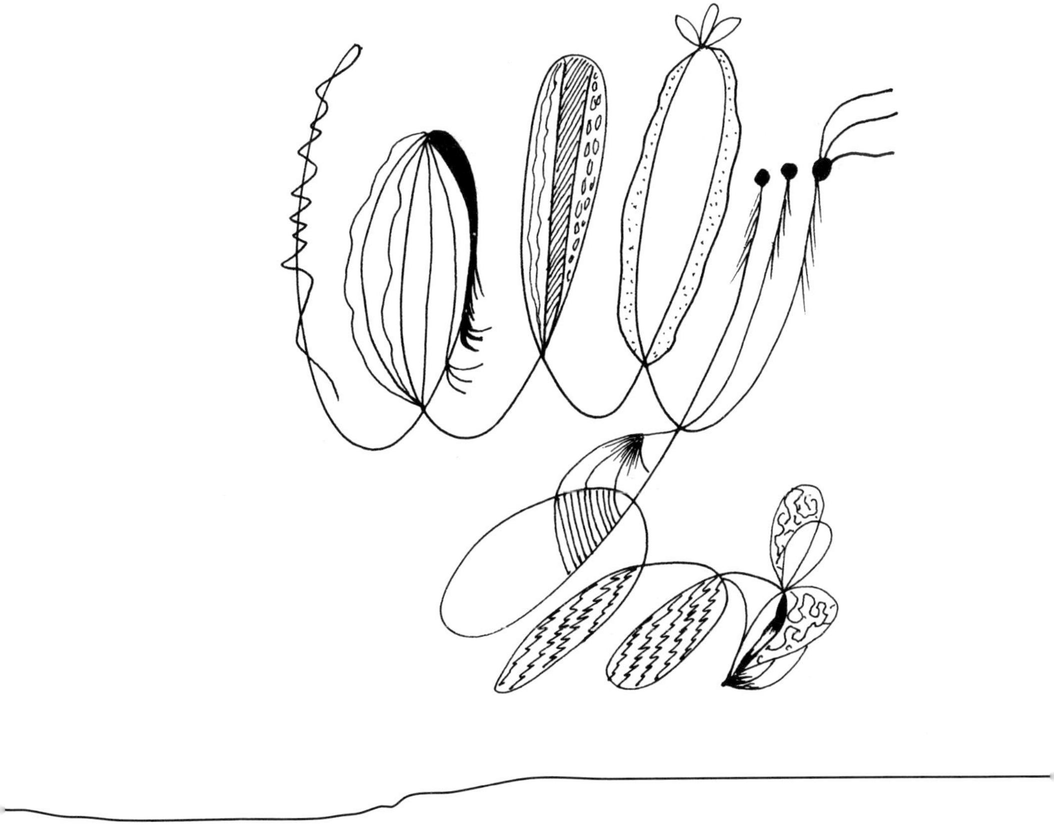

能够生育出云朵

2017-09-25

我喜欢荷叶，肥厚而简朴
坦坦然然地敞开着怀抱
好像一个
能够生育出云朵的母亲

不纠结，也无须隐藏
舒展地躺在水面上
承受阳光或是雨

无论是污泥中的白藕
还是跃上枝头的花
在她心中都无分别
她只是静静地展现一季的安静

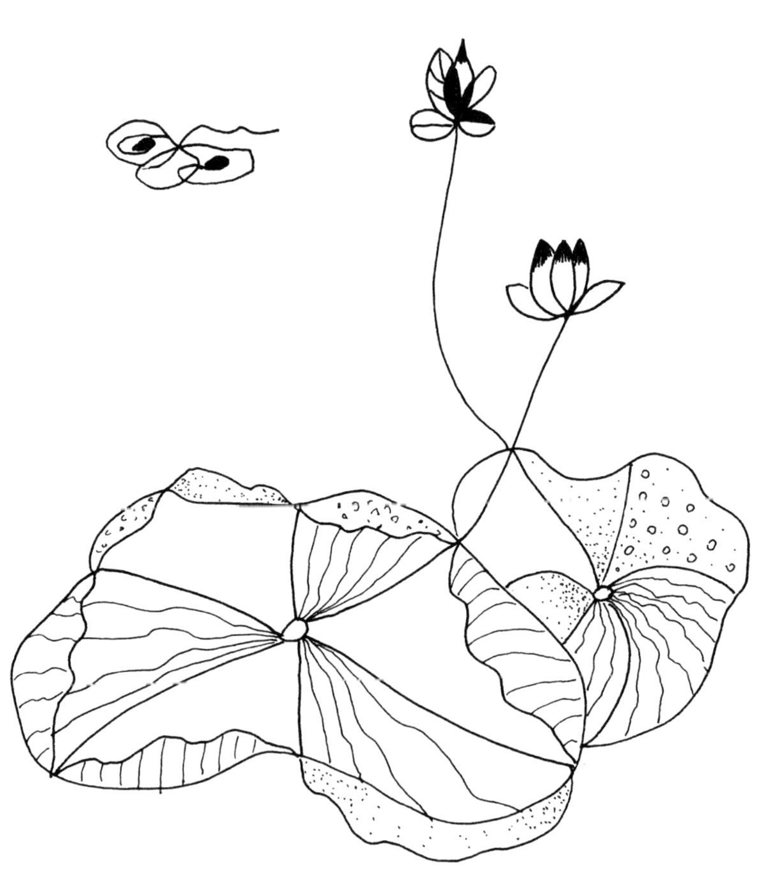

学问应该……

2017-09-25

学问应该长在它们各自的枝头
有茎有叶有根也有弟兄姐妹
学问应该活着，保持呼吸
让喜欢学问的人常常来探望

我喜欢学问活泼泼地
像是林间的小鹿和野兔
可以和我捉迷藏或是打架
也会在我孤独忧郁的时候
悄悄走过来，坐在我身旁

饿的时候会把它们吃进肚子里
但决不贮藏在冰箱中
因为身体中的学和问也可以呼吸
它们不属于我，所以就仍然歌唱

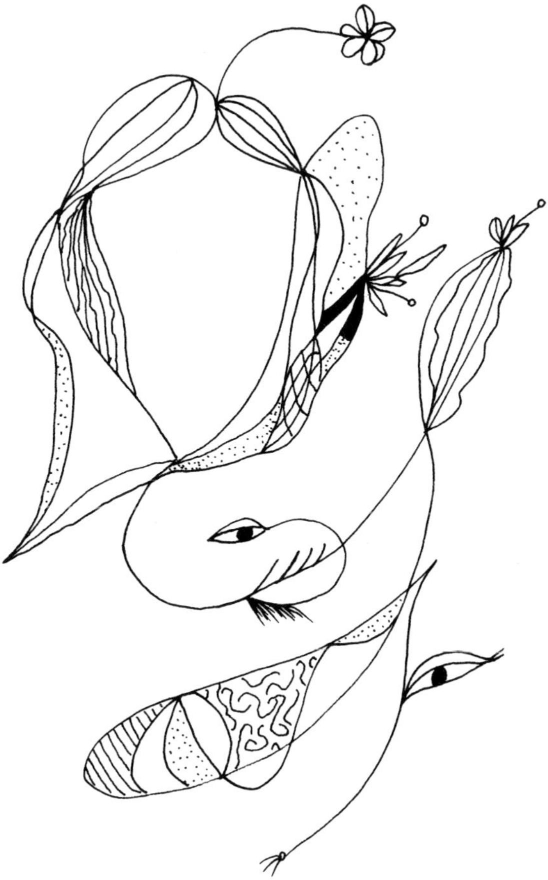

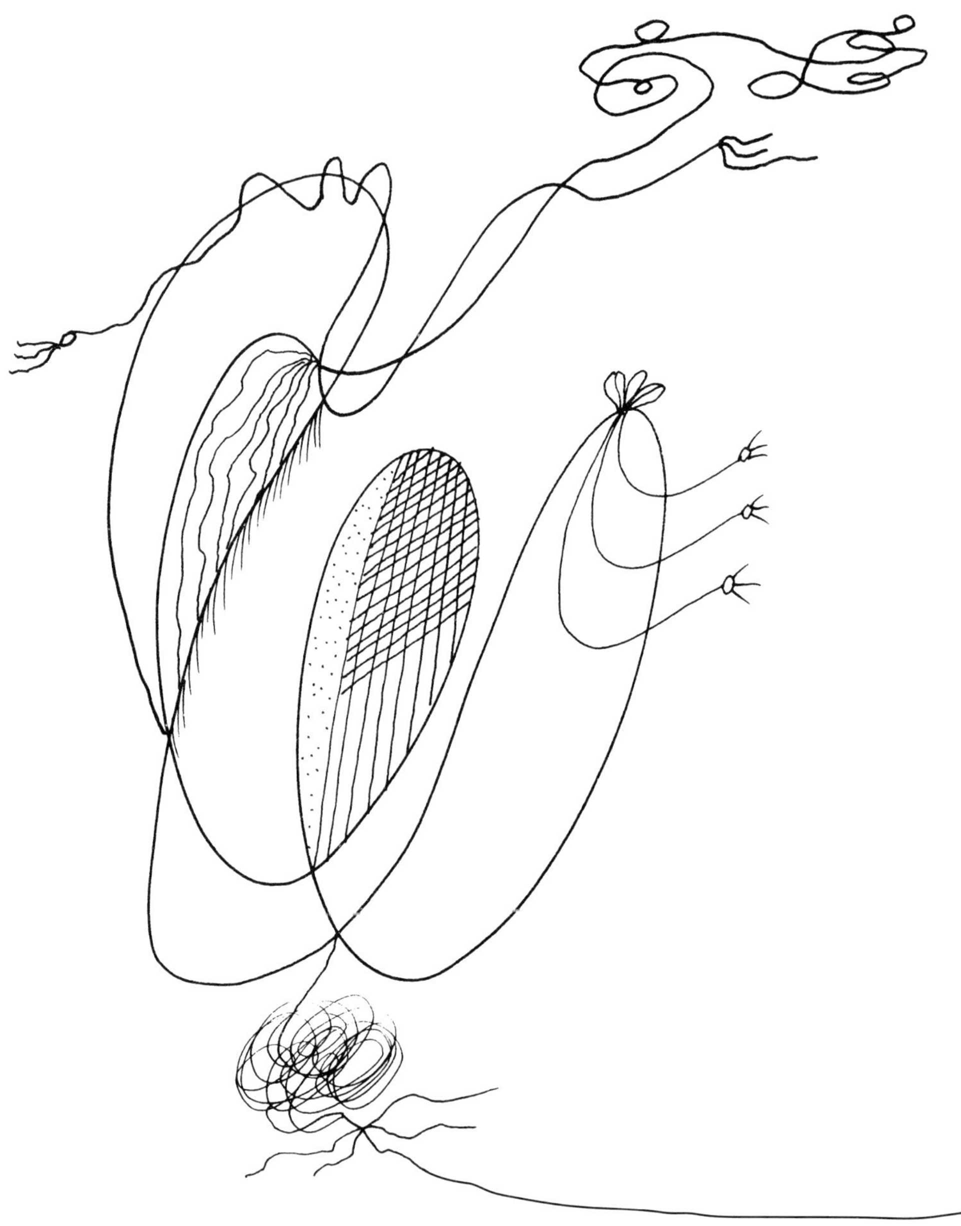

Albuquerque

2017-09-26

Albuquerque, 阿尔伯克基
一个挤在天和地之间的城市
天，赤裸裸地蓝着，强力地
渗透下来，占满了她的空隙
地，坦着土黄色的胸肌
向上隆起，要把她顶入云中

阿尔伯克基在天地间争得一隙
用鲜艳浓重的色彩标示存在
火红的辣椒，艳黄的花，翠绿的叶
白色的芦苇，土黄的房
一同喧闹地膨胀开来

灵魂却在这拥挤中悠闲
上去下来，不分天地与人世
哼着一曲世间听不到的歌
讲述永恒，也讲述根

在一串音符中醒来

2017-10-06

在一串音符中醒来
发现自己被无名的旋律
射向远方……惊恐地回望
生怕成了一支离弦的箭

咖啡的香气，熟悉却抓不住
昨夜的梦也是这样
头上长出嫩绿色的叶子
我想知道谁采摘了黑夜的泪滴

我在赞美诗的歌吟中醒来
惊讶自己长出一双翅膀
帝王蝶，阔大有力的双翼
紫色的花纹反射着天的光

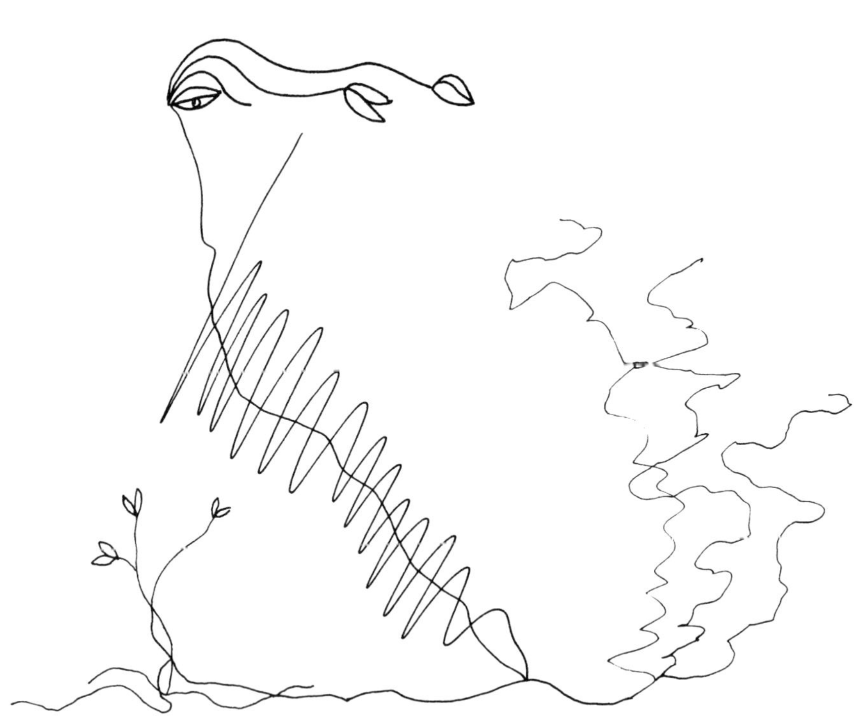

翻过一道道山去看你

2017-10-06

翻过一道道山去看你
在每个山头插上爱的旌旗
谁说爱只应平平淡淡天长日久
我却要轰轰烈烈地纵身一跃

翻过一道道高山跟随你
低谷中的眼泪淌成美丽的溪
你的脸如太阳般在我头顶
我却仍渴望十指相扣地握住你

翻过一道道山去看你
我从衰老走到初生
山风洁净了我的容颜和语言
火中抽出的柴却怀着少女的痴狂

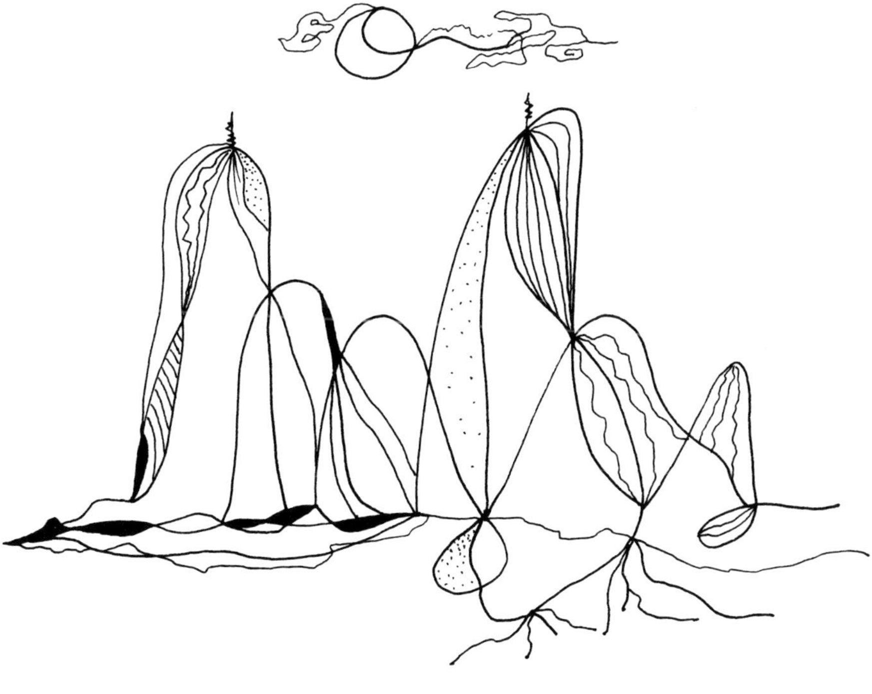

梦中的天梯

2017-10-07

在我的梦中有一道天梯
天使们细小而顽皮
她们飞翔如音符在五线谱上跳动
上去下来歌唱着像玩杂技
我也和她们一同快乐嬉闹

这是天父世界，天梯是他的手臂
眼睛长着蜜蜂的翅膀
云朵绽出纤细的芯。天堂就是
童年的幼稚园。工作只是玩耍
有个美丽的修女穿着白袍
她守护着我，为我祷告

植树

2015-03-11

之一

我能种植的
除了自己，还有什么？
把肉体和时光一同深埋
向下扎根，向上生长

之二

那天，我把你的问安种下
种得离屋子太近了
只为了相望，年年萌绿
却不曾想那根拱翻了石板地

之三

植一片绿，却植不出呼吸
呼吸被困在文字里
隔着钢化玻璃看绿
绿却自顾自地深深浅浅

三月

2015-03-13

三月，一只下不了江南的船
烟，从笛孔中冉升
花，在绿影中迷了路
执柳，却招不回逝去的扬州

青石板，挂成了水墨画
吴侬语，扩音成了广告
雾霾中的三月，乱了脚步
加速买卖珍爱生命

你是谁？竟来预告春天
一只土里的蚯蚓
岂会坐等种子抽芽
在它看不见的上空结实

穿越死亡

——————2007-04-11

真的已经穿越了死亡？
你的问话，十根轻柔的手指
拂动我灵魂的水面，却似乎
是一些怕被沾湿的羽毛
不肯沉入水中

此刻，死亡，正被捏在左手中
此刻，死亡，正端坐在右肩上
它正在我的对面。不可思议的气氛
让我觉得，它正与我执手相看

无语凝噎，我用泪眼
看清他幽深冷静的眸子

一生的最爱，清晰又恍然
在死亡的瞳仁中，仿佛水面的月亮

我能感受到自己里面的力量
一道天上的光，使我可以穿越死亡
如同一颗石子穿越水面
如同，一只手穿越空气。然而
月亮的影子阻挡着我——
嗅着自己一生情感的气息
已经听见了你消散在涟漪中的哭泣

无声的哭泣，寻不到踪迹的哀伤
预先就撕扯着皮肤和意志

穿透死亡，我将进入永恒的光明
穿越死亡仅在于我的选择
然而此刻，我面对的却不是死亡
而是你，是藏在你里面的我

但穿透死亡，却是我的命定
我的命定，正怜悯地
坐在死亡背后，遥望——
手掌，伸过来，贴放在胸前
我的爱，你不要哭
当我终于要穿越你时，不要
让泪淋湿我的翅膀
我宁愿被你的碎片划伤

低处

2015-12-12

低处。安静
因安静而平稳——
将四肢和心灵，平摊在
低处。卸了它们劳苦的职责
免去虚夸的行动
和行动中的惊慌，让头脑
从容地流淌成一汪幸福

在低处，看人世的喧嚣
云朵般来了又去
怜悯高处的人，踩着钢丝
竭力平衡肉体与灵魂
他们害怕低处
将低处视为无底的深渊

或有人探头张望
跌落。失重的痛苦
高处是根牵着你的皮筋
人生是一场没完没了的蹦极
因被动而无奈，因无奈
而选择麻木

我却趁命运打盹
剪断系住心灵的线
放开握紧的双手。直落——
落到最低处，享受平安
有时抬手
向高处的朋友打个招呼
却知道他们看不见

饮酒猜拳

2005-10-10

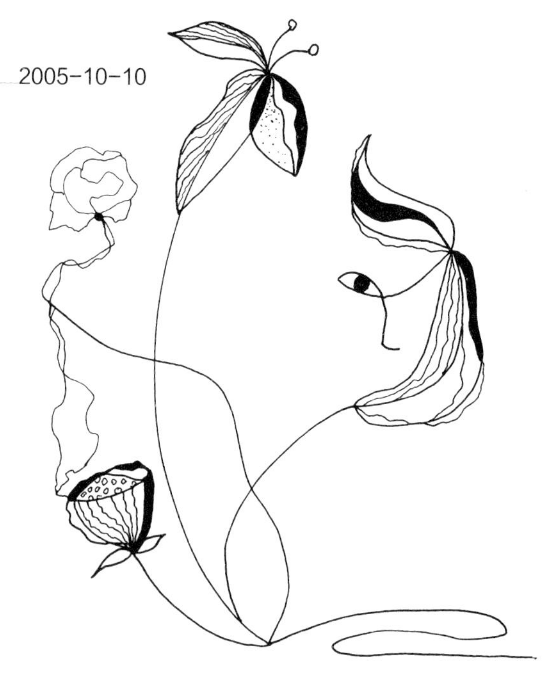

今夜，我是一朵盛开的酒
纯净芳香，一瓣瓣
展开或羞闭
以馨凉的指尖触摸脸颊

数字们蹦跳着诞生
不需要意义，拒绝被计算
奢侈地被“诚实”孕育
肉体和精神，稚嫩，冲动
史无前例地脚不沾地

今夜
智慧，无聊地升到天外
本能，羞惭地钻入地下
离别，是一针催产剂

我们，是一瓶
开了盖的香槟
别再喊我姐姐，别再出声
你所凝眸的背影
正在迅速挥发

纳兰容若

2005-11-28

整夜，整夜
被你用眼泪和着忧伤喂养
唯有你的词，伸过来
摸着我却不将我划伤

午夜，我枕着你的歌吟
仿佛枕着水中的月亮
不敢思念你眼中的神情
怕它们碰破我的心脏

怕心里的泪，汹涌地流向你
冲坏了精心凝冻的诗行
它们颤抖着像秋风中
最后一片叶子，等待放弃
守了几百年的矜持

哦！纳兰，纳兰，你隔着
冬水般冰凉纯净的时空认识我
将我无法言说的心痛
化成美丽，化成可以承受的忧伤
让我在你的词句中
屈身而卧，一夜无梦

祝福你出生的日子

2007-05-12

祝福你出生的日子
痛苦与甜蜜，微笑与哭泣
那一刻，涌入人生

许多闪光的瞬间
被你的生命经过……带着
你的体温和气息，远逝

成为遥远的星辰
在夜空中，在白昼中
以凝视，守护、祝福你

四十五岁，不惑与半百之间
愿梦想与爱
仍是生命中的翅膀与火焰

一切都会过去，一切也都会存留
忆念出生，使我们有勇气
承担自己的选择，收获自己的播种

青春的友情，老年醇香的
一壶。或独饮，或对饮
总有夜空中的繁星相伴……

诗

2015-03-18

诗，心底最深处的一丝痛
年纪越大，埋得越深
总等着拨动，又拒绝触及
担心它不肯和尸骨一同化泥

诗，一粒晶莹的盐。然后
化在水里，融在汤里
渗在汗里，蒸在云里
也许，这就是诗意人生

诗，由吝啬字的人写
经慷慨情的人读
让浪费泪的人听
诗却说：你们与我无关

归宿

2015-03-16

之一

归了，却未必有宿地
宿了，却未必心已归
人们如倦鸟，找不到旧林
日头白一道黄一道地遍染

之二

我在归宿里享受怀疑
爱是怀疑的始与终
你在怀疑中否定归宿
恨是四面不透风的墙

之三

人生就是行走
或疾，或缓，或飞奔
不知越走越近？还是越走越远
总是找不回儿时的铃声

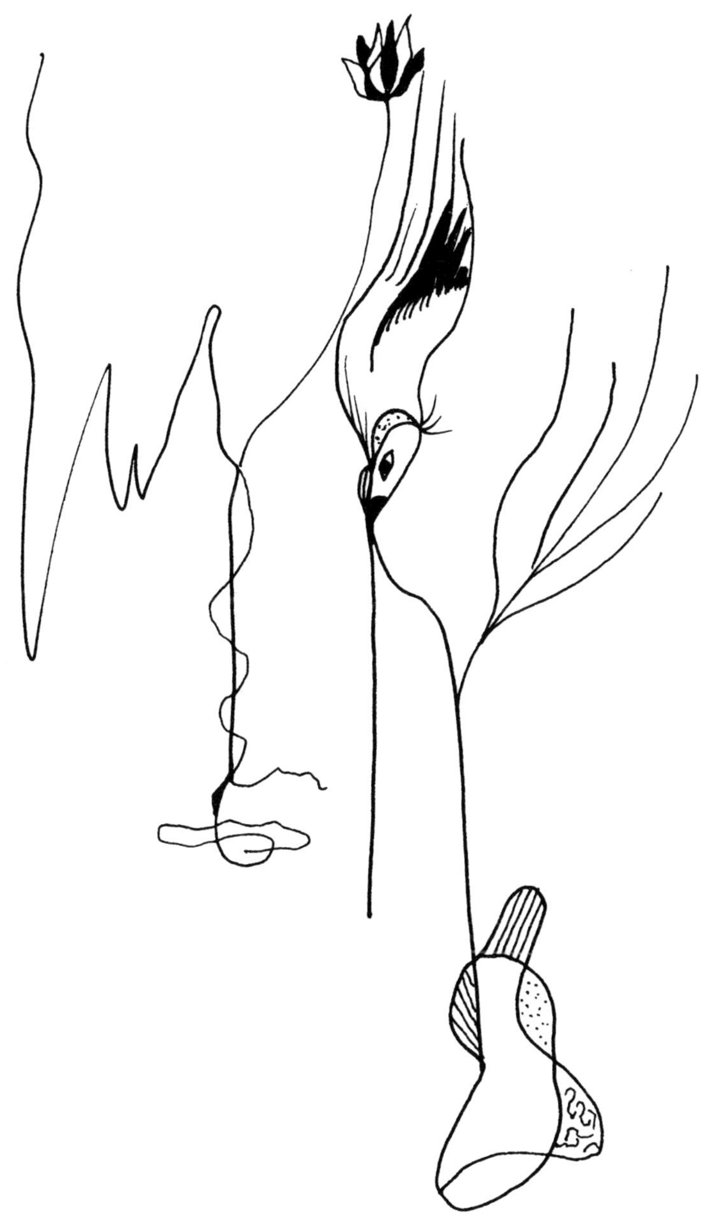

我是谁

2016-02-16

宋词中，寻找灵魂
镜子前，认识皮囊
在繁星的夜空上想象描画
在都市的钢板玻璃间
被无数个我，推搡挤压

用舌尖和咀嚼证明活着
以肠胃和肚腹宣告存在
虚无，却像一朵饥饿的花
总是盛开……抢夺
一切可劫掠的，也把自己
榨成一滴药，滴入花蕊
它却仍是个无香的黑洞

我的一生，就是用脚掌
敲打询问的电波
皮肤，接受着风的回电
但却没有密码，我是个
无耳可听的人
走遍世界寻找藏着密电码的角落
为了沉重的秘密，孤独

拒绝他人脸上的定义
拒绝一串串数字对我的定位
我是 1 ？或是 0 ？
还是 1 和 0 编码的信息？
跑到陌生的异国也无法重新开始
我是我的基因也是我的血缘

我是生命之光中的微尘
是埋在异象中的一粒种子
肉体是一顶越来越旧的帐篷
灵魂却是玻璃海上的亮音
我是等待与新郎相遇的童女
那个时辰，终将破茧成蝶

不要问我是谁
离开自有永有的我是我是
没有真正的存在属于我
谁？一道云烟的来去
被一个问号绊倒
震落了耳膜上的积尘

被请柬握住的手

2016-02-10

我邀请，我又逃离
鱼的性情，风的记忆
我被一个命定定格
眼睛和嘴唇都被
创世之主点石成金

文字、线条、沉默
花开花落的季节
季节是永恒里的标点
在话语的河流中行走
没有足迹也没有气味

我一生的奔跑
只是场被邀请的逃离
被请柬握住的手
无法与人十指相扣

世俗之尘

2005-08-17

让我把四肢收拢
缩入心脏
塞满所有虚空的地方
仿佛星星在夜的衣袖中
空荡、无力——

往昔的某个时刻
飘在上空。澄清、湛蓝
蓄着透明的水滴
藐视我的饥渴
那些真实，大珠小珠
不肯落入玉盘，不肯
让美丽的声音
昙花般绽放，平庸地消失

我被虚谎的能力牵引
选择世俗，一张发黄的绢帕
封住口鼻，封住心灵
也封住歌声
爱，游荡在戈壁
像一朵干枯的骆驼刺

任凭卑贱浸染骨骼
任凭血液
渐渐，稀淡如水
崇高，遥远地
坐在山顶，成为化石

在我人生的哪一瞬？
梦想，皂泡般破裂
那细小的哭泣
仍缠缠绕绕时断时续
日子与四肢，却早已
适应了
尘土中的安逸

再问我是谁

2016-02-25

我是一些
无意中相遇的线条
在变化中被定义
在被定义的那一刻
逃离……

我是我自己身后的
一枝花朵
用毫无意义的盛开
取悦并安定灵魂

我是你眼中的植物
也是你心中的兽
是没有声音的号啕
也是人群中的孤独

我是一个呼吸
悬在天地之间
隔在生死之中
是你丢失的标点符号

我的灵魂呢?

2016-03-14

一转念的疑惑，滴出眼眶
落进水里。小蝌蚪般乱游
碰破，那团月亮
水里的子宫震颤着……
谁知道会生出什么?

灵魂? 在哪呢?
手术刀无法将它剥离
高科技摄不到它的身影
但在回眸的孤寂中，它……
远远地立着，不盛开也不凋谢

灵与魂，是太极的黑白?
还是上帝呼吸中的奥秘?
是漫溢的气息
还是黑洞里的一颗种子?
本我，是不合身的大衣
超我，不过是镜中的花

灵魂，一只天外飞来的鸽子
将我如一粒草籽般衔起飞行
飞向哪里? 我似乎无权过问
只是信，将这世上
不合用的情感，归还苍穹

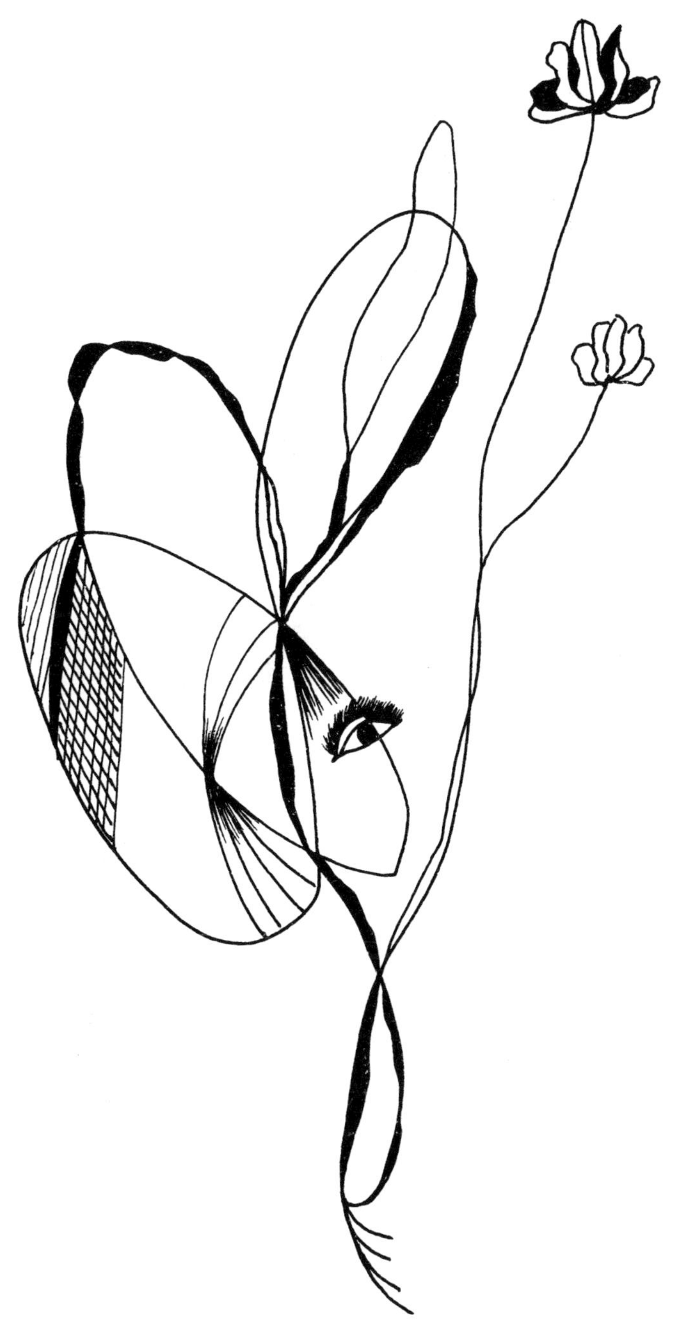

人到中年

2015-01-27

之一

写者的人生如盘蚊香
往昔灰烬，此刻暗红
为了驱散蚊子待烧至心

之二

一生，走了过半
才知道无所谓路
只在乎，走或不走

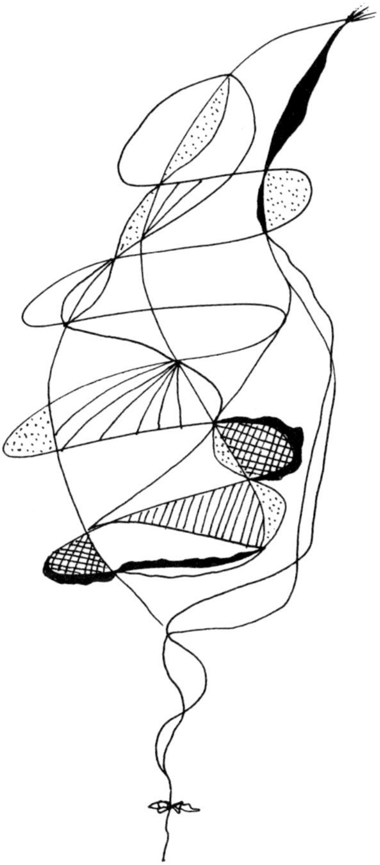

感冒的日子

2016-02-11

感冒的日子
思想和记忆都漂浮起来
悲伤也模糊了
像是几个童年的气球

白加黑
两颗椭圆形的药丸
轻易地掌控了理性
完成洗脑也完成幸福

头痛，让人目光模糊地
看世界……一旦清晰
也许心就痛了
良心在找到救赎之前
将感冒当作逃城

夜色无际

2006-01-11

1.

夜色正从我的里面
弥漫出去——
起初的香气，渐行渐远
我被搁置在那儿
被四溢流散的自己
忘记

2.

夜海的气息
让我里面粉碎。碎成
许多细小的晶体。晶莹、尖锐
在纸灯笼般的身体中
彼此碰撞

3.

娇嫩的字们
被划伤。残翼断羽
仿佛飘零的槐花，雪般的冷
痛，是必然的。幸好
没有血，破坏婉约的隐忍

4.

躺在树下，贴着干燥的地
老树的根和我彼此裸识
都已经认命
但我把我，像风筝般
放飞到天上
让你在没有星星的白昼
可以看见

5.

高高的棕榈
孤单地，一根两根
不上，不下。隐在夜色稀淡的
半空——

海，似乎也悬在半空
潮水的声音
像一块梦中的果冻

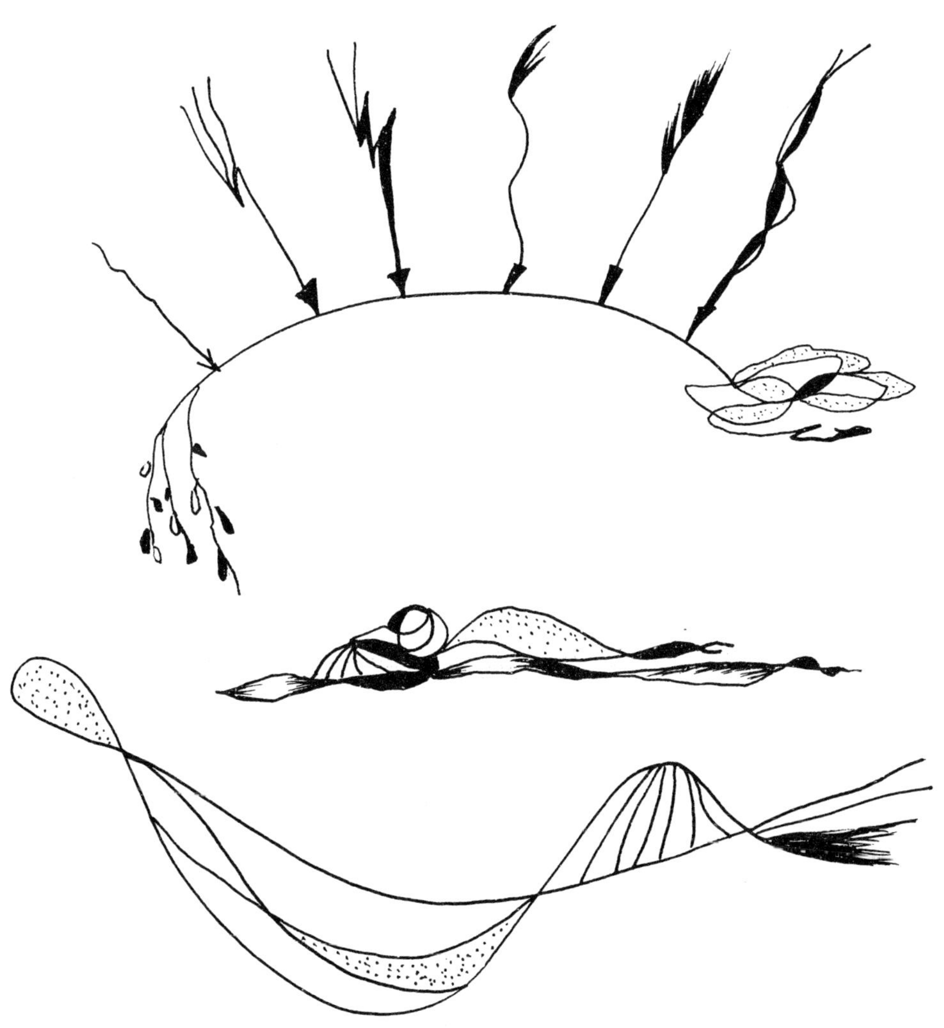

二月洛杉矶的街心花园

2016-02-12

一杯星巴克，大杯，高个
立在粉红色的铁桌上
右边是白色的高塔
左边是黑色玻璃墙

历史在右，音乐在左
钢板将旋律凝固
在空中，以后现代的
光芒，囚禁艺术
两条水泥大路间
绿色的棕榈和白色的水
全都向上窜起
但却脱离不了地心引力

没有云
天，只是块散热板
涂着发灰的天蓝色油漆
偶尔，融下一两滴
被绿色的遮阳伞挡住
保护了伞下谈生意的男女

他们用鸟语和纸张交易
鸟，假装听不懂
专心致志地在地上觅食
或者像条忠实的狗
蹲在流浪汉的脚边
它、他、她，正在大嚼
土豆条、手机、三明治、阳光
还有一些过剩的日子

清洁工穿着橘红背心
拿着扫帚，找不到废物
只能把各种影子扫来扫去
扫成抽象的图案
或是建立一个虚拟国度

一个黑胖的女人，踩在
细高跟上。拎着午餐包
寻找晒不到太阳的桌子
黑西装，将葬礼带进
二月娇嫩的花蕊中

放大细小的花蕊
艳黄裙子的少女抬膝飞旋
少男踢着水像只展屏的孔雀
没有音乐，喷泉均衡地
升起落下，等待那个
光屁股的太阳不耐烦地睡去

年轻在奔跑

2015-05-14

年轻的在奔跑
奔跑的就还年轻
飞旋的物体呈现着风
风却跑远了

年轻的身体在奔跑
心睡到日上三竿，才茫然四顾
年老的身体晒着太阳
心却在时空里来回奔跑

你奔跑着消耗青春
赤裸的肌肤将空气擦出火花
为了让黑发飘展成旗帜
你不能停下脚步

我始终站在原点
看着奔跑的人，箭一般
射出，又箭一般射回
我却无辜地被射伤，血流不止

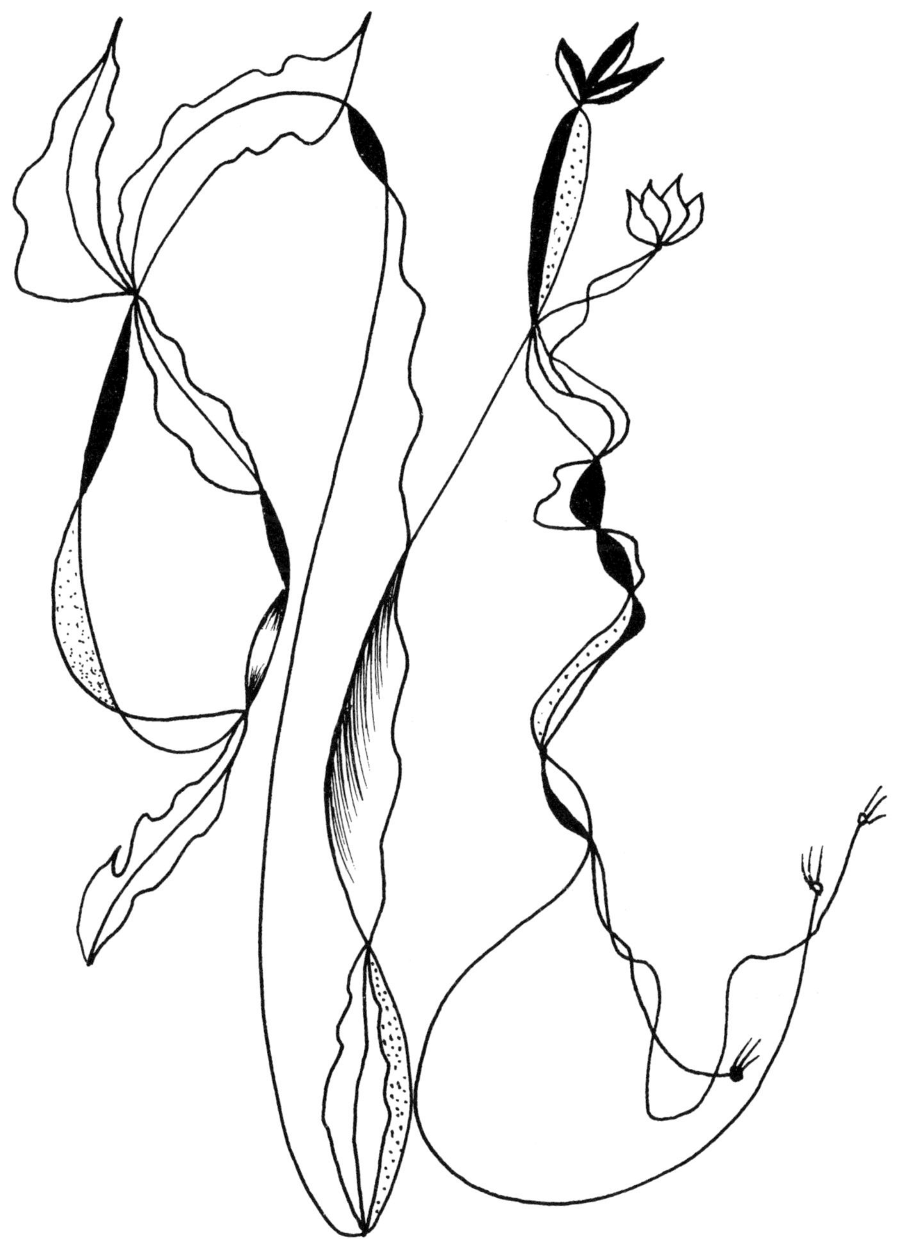

立石为盟

2018-06-18

我必须扛着我的石块过河
将此岸的骨骼扛在肩上
将此生的记忆扛在肩上
渡过死亡的冷河

我和我的石块成为一体
在水流中低头而行
沉重，让我免于随波逐流
我将我的石块立起
在彼岸的阳光下
将血和脂油浇在上面
成为界碑，一个盟约的祭坛

我与我的石块分离
在陌生的时光中迎风而行
或飞或走，不分天上地下

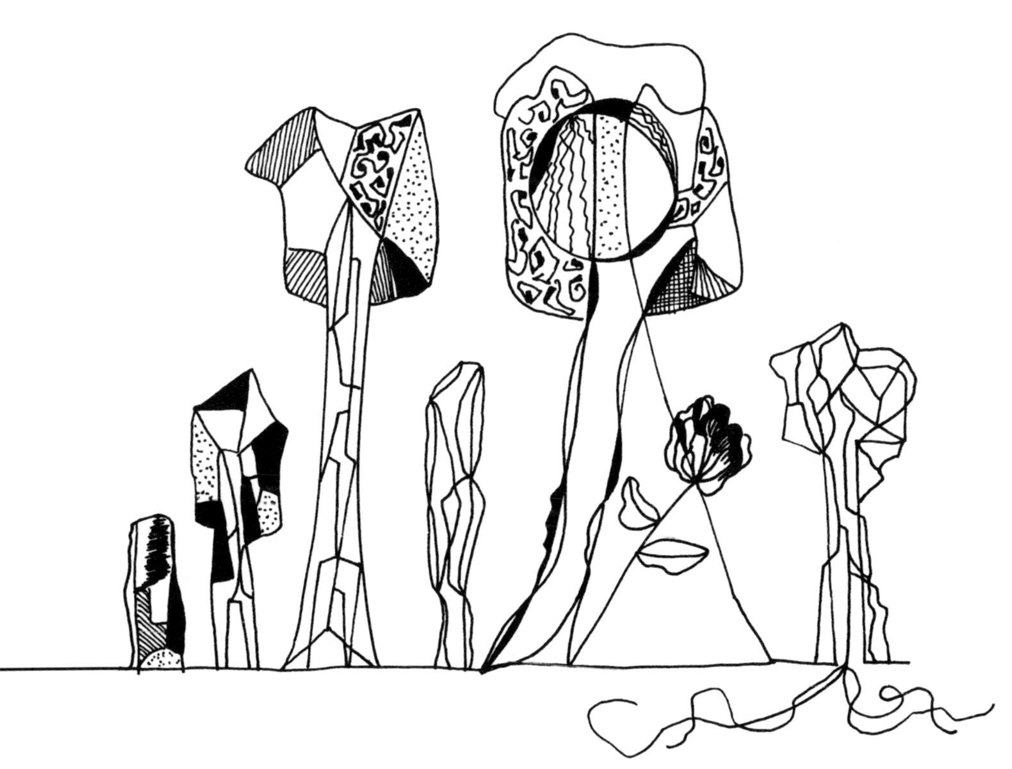

马路上的男人

2016-02-17

马路上的男人
拄着拐棍，也拄着路灯
家并不远
在断墙的另一端

城里的墙其实绵延不断
但女人的浪漫
需要一个断桥
男人的脆弱也需要断桥

家里的花茁壮地呼喊
回家，回家……
一儿一女，果实和云
男人却在地下
琢磨着能否挖条地道

浪漫

2011-09-06

浪漫是有翼的生灵
时而，大若鲲鹏
一展翅就让人看不见天
可它展翅却又飞不了
因为天地太小
我幸灾乐祸地看着它
垂下双翼，像只土鸡
走来走去……啄食或踱步
等着遥遥无期的死

有时，浪漫极具危险
变成了细小的鸟
闪着锐利的光——尖叫
把它关在心里
或是，关在心外
门窗检查了一遍又一遍
还是惶恐不安。
它在里面，里面就乱了……
它在外面，外面就伤了……
让它自由进出
我就成碎片了

浪漫，在一杯咖啡里
睁着无辜的大眼睛
沙滩上的脚印
痒痒地，在皮肤上爬来爬去
突然想起一句话：
别让鸟儿在头顶筑巢！
挥挥手，把浪漫赶到天上去
成了别人眼里的风景
我也偶尔看上一看

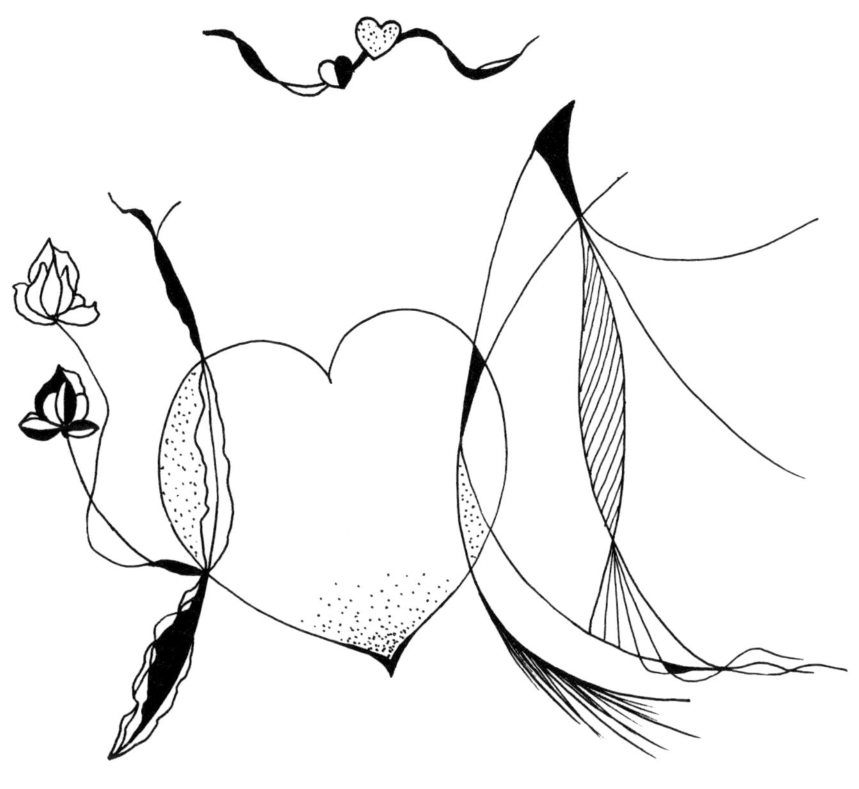

将宇宙劈开道裂口

2017-05-25

宇宙因你的话而形成
天上的水和天下的水分开
空中布满星星
太阳是你光灿灿的吻痕

陆地在水中聚合
隆起一片祈祷的森林
你的话是不被局限的道
将宇宙劈开道裂口
任凭启示的灵自由进出

寓言

有些夜晚
被抽象成寓言
有些瞬间
被定格成图片

宁静，不食人间烟火
被镜框捉牢
挂在客厅或是卧室
成为家里的压舱石

而寓言正风一般
从一弯新月中生出
无声地流动
趋近沉睡的人们

2017-05-25

芦苇的呼唤

2011-07-26

这是金秋，压伤的芦苇
已吹不出天堂的笛音
天上的父，却不折断它
也不将它弃在暗处

阳光照在苇丛中，爱的温热
顺着纤细的杆流淌
流入湿地中性寒的根须
融进曾经凄凄的江水

江水，日复一日地流逝
江边的芦苇或节期间或分秒间
明暗、阴晴、枯荣、生死
潇潇……茫茫……
远游的灵魂
何时能听见芦花的召唤？

肉体在俗尘中，安闲地淤陷
直觉却越过思维
一季季，周而复始地
向着天空伸展、绽开、召唤
是求救的手臂？还是
被缚天使那洁白的翅膀？

呼唤我的灵魂回来
啄断，捆绑生命的绳索
呼唤我的灵魂回来
啄醒，沉睡于自怜的心
呼唤天堂的回音
重生我心中的芦笛

时间之箭

2015-08-10

遥远见你，喜迎
射穿我时，麻木
空荡荡后，低头
透过伤洞，哭你

时间，被折入诗笺
一瓣桃花，一叶柳
一滴茶汁晕成的浮云……
你来你去，我生我死

我们干杯吧

2014-11-20

文字怀着童贞的心，迈着诗意的脚步
从地的四极，从海的那边
匆匆而来，彼此拥抱微笑亲吻

一群被汉语再次生育的孩子
穿越纷繁的语系，穿越自我放逐的书写
回到母亲的怀中
睁着初生的眼睛，互认兄弟姐妹

我们彼此阅读，彼此成为对方的完整
文学，让我们相聚，也让我们分离
让我们孤独，也让我们彼此难分

赤橙黄绿青蓝紫，融成一道朴素的白光
照亮阅读，照亮思考
更照亮人们灵魂中的尊严
我们干杯吧，像一支支笔干净地站立

茶道

2015-04-27

1.

春茶，一瓣瓣新芽
是鸟的舌歇在树上
唱不尽的歌

沁着汗，在雾气中娇羞
一担清香的绿，蓬松
任旋律在里面游动

2.

茶道上的妹子
将花布鞋轻踩在石板上
踩在情哥哥的大脚印里
小脚板对着大脚板，不舍离开

石板被踩得陷进土里
脚印里汪着干不了的水
蓬松小辫，是否挂在哥的心尖上
还是会随着远行的茶，变旧了？

3.

挑一担武夷山的云雾去远方
挑一担武夷山的红土去远方
它们在异乡的水中羞涩地
缓缓绽开，缓缓释放……
让没有听过春鸟歌唱的人
轻嘬一口，舌尖就染了缠绵
唱一曲嫩绿的歌
沿着弯弯曲曲的万里茶道
去亲一下，采茶妹子清香的十指

起源

2015-03-16

1.

起初，天地尚未被造

源，张开巨大的双翼

孵化“道”的子孙

道，在未道之前就有了

2.

光，在生命里面成为生命

就像爱，在爱人里面成为爱

阳光煮浓的一个微笑

启示出“源”的奥秘

3.

有了天地的起源

才有了你我的缘起

一粒露珠就是万有的兴灭

一句诗就是你我的兴灭

酒

2015-02-23

1.

酒，只需一滴

落下来。砸开地母的怀

涌出海，喷出泉

地仍常年干旱

2.

历史泡在酒里

一条斑斓的小蛇

毒性化成滋补

将一只红色高跟鞋浮上天

3.

酒，一条穿越的通道

往昔今朝，爱恨情仇

来来去去，进进出出

直到酒，挥发成了水

4.

坠下三千丈的悬崖

却消融于唐诗丰腴雪肌

滴穿芭蕉石阶竹帘

却醉不倒红帐里的宋词

十二生肖诗

2017-02-03

鼠

不在乎身量
只在乎位置
占得先机
也须胆量够用

爱的是油和大米
快的是心和脚步
只是忘了
十二生肖循环不息

牛

生性耿直的牛
竟然和“鬼”绑在一起
是它成了鬼的面具？
还是它憨厚地
为“鬼”让出了半个棚？

人鬼难分的年月
牛不在乎属性
只是吃草和劳作

虎

人们几乎忘了
你会吃人
把你当作猫玩耍

为了生存
你在状似乐园的牢笼中
无言，直到有一天

你伸展了一下天性
然后作为一只虎
被射杀

兔

青草与萝卜
足以让你喜悦
在阳光中蹦跳
在细雨中发呆

或灰或白
不关心自己的容颜
你唯一的才能
就是逃跑的速度

但你还是被捉住
关在月亮上
殉情

牛

虎

龙

是否有人见过你
我不知道

你在神写的历史中
从天上被丢下人间
你在人写的历史中
享受无上的尊荣

也许那根本不是你
你只是被岩石
凝固住的一双翅膀

蛇

一个妖娆的被造
罪，附身于你
美，也附身于你

被宗教绑在柱子上
被道德囚在黑暗里
你是否也仰脸问过上帝

为何要造我
神看着是好的吗
起初的目光，是否
仍在天上

马

我最爱的就是你
踩着云，驾着风
飘着鬃毛与嘶鸣
但你是不能醒来的梦

醒来，你的背上
不是太阳也不是王子
是杀人的刀和戟
是沉重的车碾与石磨

我无法为你选择
只能让你死在梦里

羊

或迷失，或被寻回
你都被动地等候牧人
一双无辜眼睛
让上帝心动

或被煮食，或被烧尽
你都是被宰杀的祭物
祭肚腹，或是祭神
你都默默无语

只有弟兄的血
从地里，也从天上
发出声音：咩……

猴

你的机灵
都换成了果子

果子
都吃进了肚子里

树林没了
你只好变成了人

鸡

没有谁规定
有翅膀就必须飞翔

你只是低头啄米
安安分分地
等着被烹饪

狗

很想知道
起初的狗是什么样
天性忠诚
更让我不寒而栗

为什么人都喜欢狗
或者自己变成狗
或者把别人变成狗

我家小狗不会装
眼里闪过轻蔑

猪

吃了睡
难道不是一种生活
睡了吃
难道不是一种智慧

你原本知足常乐
活在“无”的境界里
却被人蛊惑出来
扛把钉耙四处打

所以，你总想回家

洛杉矶的高速路

2017-02-06

洛杉矶的高速路，线条流畅
看似仙女滑落的飘带
香肩融在云雾里
让铁壳中的人无端地忧伤

洛杉矶的高速路，纵横交错
高效地帮助蚂蚁们东奔西跑
被太阳烤烫的路面
让蚁族有了电子的速度

洛杉矶的高速路，昼夜轰鸣
一条巨大闪光的八爪鱼
黄金海岸和绿树红瓦
都在它腹下，奄奄一息

洛杉矶——高速路
是你体内的血管
还是你身上的捆索？或者
只是一架最为庞大的过山车？

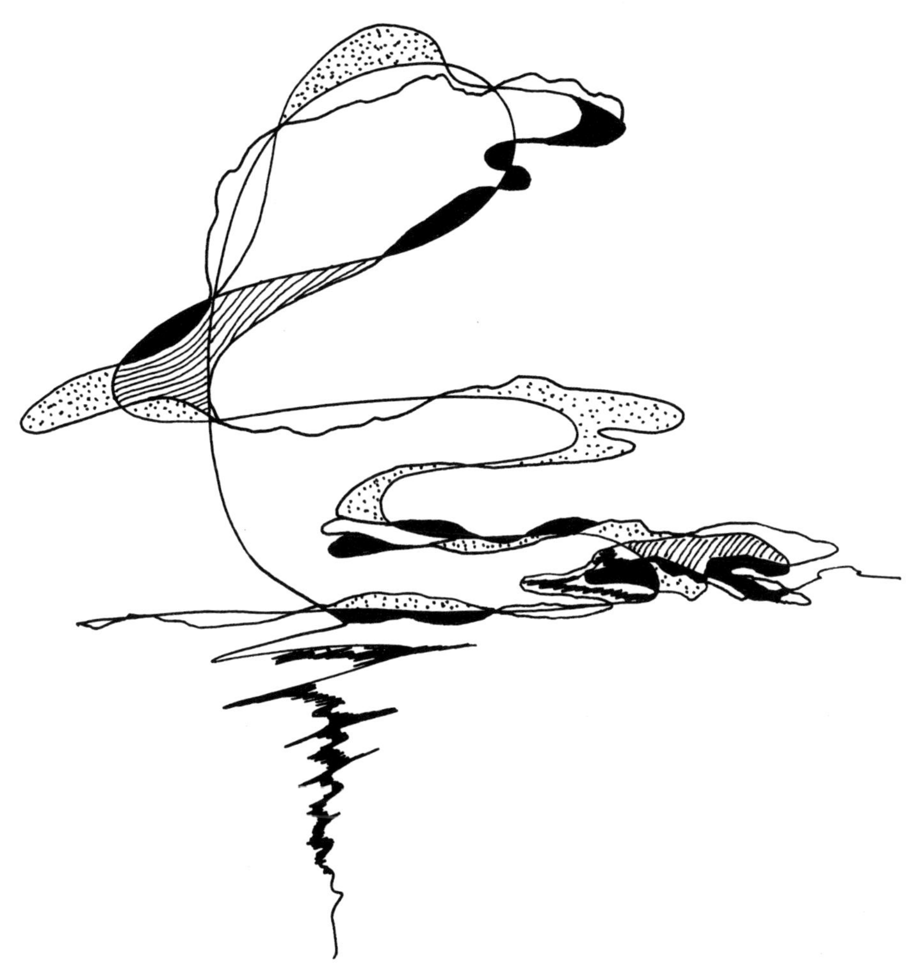

在一首诗的对面

2016-03-13

在一首诗的对面
是一片拒绝的树林
或茂盛，或干枯
养分和美都自给自足

诗，在这片树林前
一支找不到靶心的箭
忐忑着，纠结成茧中蛹
啃噬自己的翅膀维生

在一首诗的对面
是一片冷眼旁观的眼睛
还有腐叶和泥土下的种子
挣扎着发出破土的电波

火山湖

2018-10-17

在无边无际的碧水中
保持着燃烧的权力
在温柔的涟漪中
拒绝沦陷

向天张开的口
呼出肺腔内的激情
你的情歌，只被
同样燃烧的人听见

你是座沉默的火山
湖蓝的绸帕遮掩故事
只留深陷的眼睛
云雾中射来惊鸿一瞥

火山湖
一颗沸腾的心
一只干了的眼
一湖汪洋的泪
心、眼、泪，再不相关

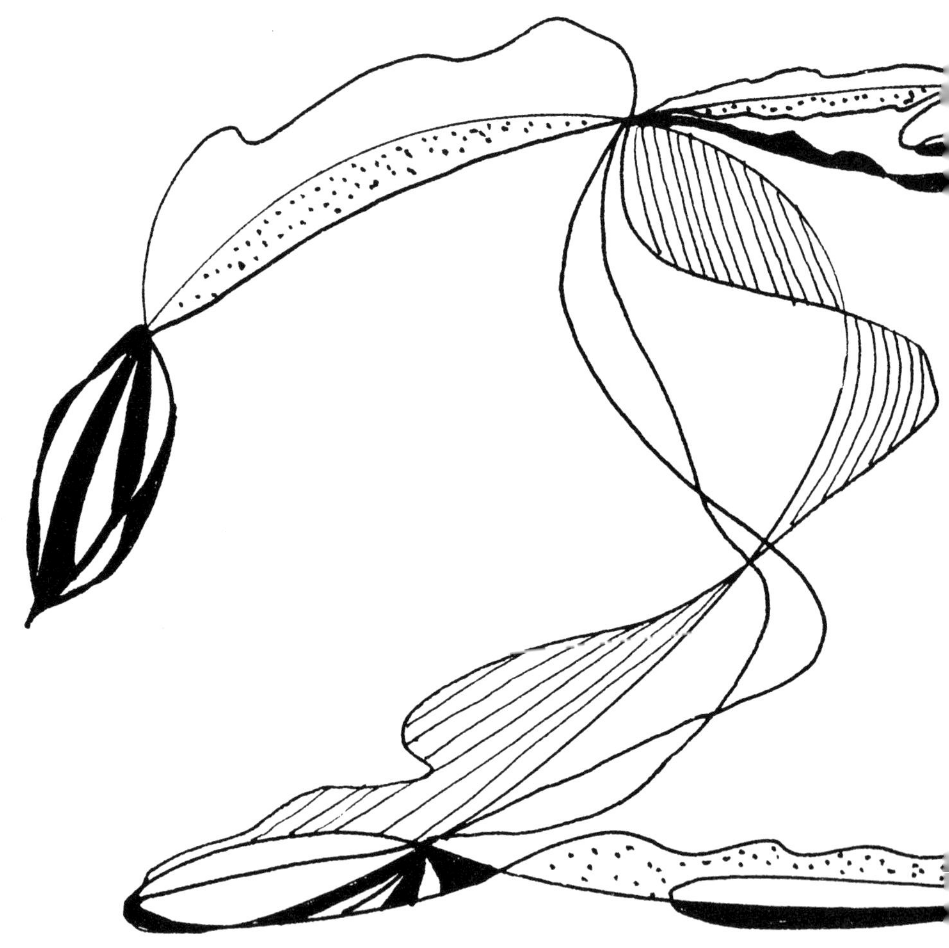

收藏唇齿的掌心

2008-08-12

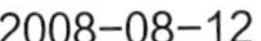

掌心收藏着爱人的唇齿

珍握着疼痛、欢乐与冷漠
恨与情话，撕扯消融命运

齿痕，混乱了规整的足迹
却只能展开奥秘让你参与
或轻风般掠过，或留下深井

终于到了吝啬的年纪，掌纹
渐趋粗硬，不敢随意挥霍
当疼痛被称量，谎言被辩认时
我已经不能再说：爱你

不一样的天空

2013-05-22

每个人，都有一片不一样的天空
每一秒，都穿行于不一样的天空
每一转念之间，都可以选择不一样的天空
每一呼吸之间，都可以铺展不一样的天空

当你我的天空偶然交汇时
盼望有温度和触觉
盼望泪，或滚烫，或冰冷
盼望心灵与心灵的交谈
而非巧匠与巧匠间的夸耀

一个歌者，宁愿歌唱到窒息
也不愿在窒息中忘记歌唱
宁愿在天空下，摊开我一地的残破
也不愿我的眼睛被囚于虚假的繁华

树上的羽毛

2008-08-14

绿色的宇宙诗意地栖在树上

汲满甘汁的羽毛，阳光中
美人般，品味着轻盈的苦涩

人，一个个从泥土中爬出来
堆积，蠕动，在彼此践踏中联结
输送地球的血液与眼泪

白色的血，红色的泪
悲哀被滋养得硕大鲜艳
天使们细小的碎步撩动树梢
一只苹果封闭在自我的奥秘里

三月下江南

2015-03-13

三月，还乡的季节
我的故乡是江南
泊在梦中的帆一动不动
我仍然一遍遍地回到江南

执一空杯
让三月，滑着唇痕掠过
写一个字
让三月，填那纵横的词

三月，双目不能相视
说的话，都开成了花
相触的指尖，滴下露水
你的绯红与我的苍白相映

三月，下江南……

旗袍

2016-04-06

将天上的水和天下的水
拢入一袭绸缎
让亿万根蚕丝羁绊奔腾
伫立成呼吸的青花瓷

天山高耸的玉领中
是一腔冰雪的傲洁
起伏的山峦下
黄河暗藏着轰鸣的孕育

唐诗宋词元曲，九百针
细密的针脚缝制蝴蝶盘扣
清冷的长江，从温婉中
裂开一道闪电直击人心

你走来
是女人，是山河
是东方，更是生命……

节后

2017-01-30

一群又一群的乌云
一团又一团的阳光
真实与虚假
相安无事地并列着

节日被短暂地爆响
一地鞭炮的碎屑
然后，人们全都睡了
即便太阳升起
他们也不肯醒来

孤独地，悬在
两个节日之间。孤独地
面对真实与虚假
嘲笑幼稚，嘲笑失眠

谁还在乎真假？
羸弱不堪的灵魂
躲在梦中，等待下一个节日
好像疲软的肌肉与神经
等待着兴奋剂

天地，不过是个……

2017-05-25

天地，不过是个苗条
而母性的女人
太阳系着薄薄的丝巾
优雅地凝视着远处
月亮，无影无踪
星星也无影无踪

我在她的眸中找不到
他们的背影
山水依旧，而你
姿态端庄地孤独着

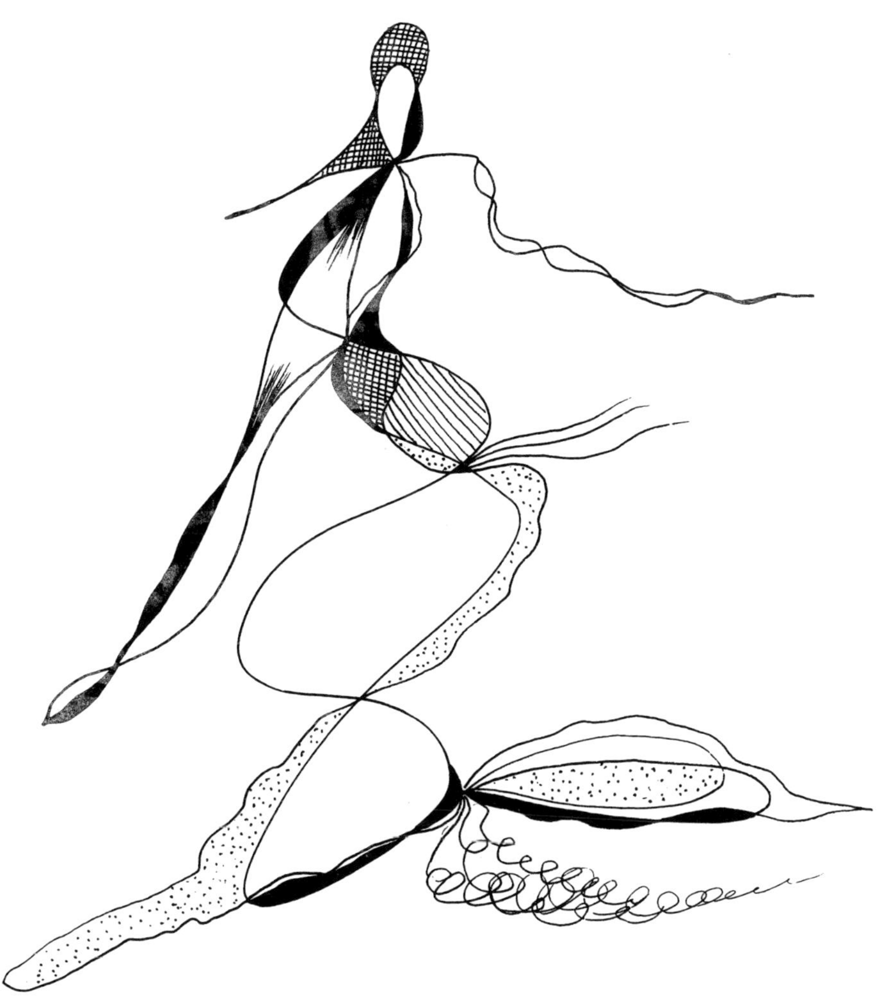

行走的花

2017-05-25

雨，在心中下成了
一条绵延不断的线
纤细而干净
任凭我摆布
开成一朵花，一朵
行走的花……

根须也要行走
泥土失去了阻力
仿佛是肉体消失后的
灵魂。盛开着
行走着……走态安静

是，就说是

2017-01-30

阳光，爬过淡棕色的百叶窗
在叶片上留下毛茸茸的一层
阳光，蜷卧在红地毯上
古典的花纹缺乏想象力

卿卿如晤，一个男人丧妻的低吟
无端地夹杂着宗教与哲学
用酸楚的文字滔滔不绝
含情脉脉地，把妻化成了背景
衬托着这个男人的自我言说

这就是文字，优秀的头脑
卓越的才情所生出来的文字
我却突然感到了可怕
急切地想躲进耶稣的一句
最平凡的话里：
是，就说是；不是，就说不是

语言挤塞在体内，不断膨胀
我却开始犹疑不决
也许我该忘记写作，忘记思想
以免美妙的文字成了煮我的热水
红地毯上的光，回头看了一眼

若不回到孩子模样断不能进天国
不知道用什么来洗净
我的心思、才智、文字、色彩
坐在年初的一小块光中
突然觉得，天国的门真是窄的

书排列起来时

2017-01-30

书排列起来时
文字就躺下了
好像那只陈旧的大布熊
坦着软软的大肚子
张着眼睛和嘴
无聊地睡着了

书排列起来时
文字就躺下了
一杯铁观音洗了肠胃
新闻是一碟碟隔夜的甜点
昨天的虚张声势
生出了皱纹和眼屎

书排列起来时
文字就躺下了
文字躺下了
世界与他已经无关
灵魂躺下了
肉体与他已经无关

只有书排列着，一丝不苟地
按字母顺序整齐排列

桃花源

2015-02-27

之一

沿着诗的河流寻找
只找到一地半溪的桃花瓣
葬她们于锦绣的心
从此，我就是桃花源

之二

恋爱过的人
眼睛泡在酒里或是飘在天上
桃花般盛开又谢了
将黑白的字句染得绯红

之三

锣鼓黯成了雨打芭蕉
粉色裙拖得红尘乱
桃花源刚刚合了曲拍
却闻丝弦断

夜的瞳仁

2015-03-24

夜，巨大的眼眸
黑黑的瞳仁，泪光闪动
有时无泪，俯身压着我
让灵魂找不到边沿

夜的瞳仁中
有着预言的掌纹
流畅而隐秘，仿佛一些耳语
无声地在灵与灵之间传递

夜，巨大的眼眸
时空的黑洞
将我吸进去，又将我吐出
仿佛锯开的大树长出叶子

古镇静好

2015-05-10

岁月洗净了石板、流水，还有你
洗净了这一块小小的天空
温存地挂在你头上
不落下一粒灰尘
你坐在那里，如同岁月本身

也不喜，也不悲
只是一份淡淡然的天真
你天真地看着那些来看你的人
也天真地看着他们离去

你天真地为了他们微笑
也天真地息了脸上的笑
你的变化如风和云般自然
以致这变动如同不变的永恒

门楣上，朝代的名号层层覆盖
石墙上，时代的口号旗帜相易
只有屋脚柱底，露出一点肌肤
让人想象古镇千万年的地基
那是你掩在重重衣裙下的胴体

你坐在那里，安安静静
我却为你担心，担心美
被饥渴美的人摧毁
担心静好，被欲望淹没
你却不担心
因为你已经脱离了你自己

顽皮的痛

2008-08-15

痛，一直乖乖地蹲在我面前

用目光安慰我说，他不会动
他会待在时间的角落永不发芽

他卧在膝头，半闭上眼，假眠——
当我望向窗外，满意于祥和时
尾毛在裸露胸颈上，只轻轻一扫

咽喉便被卡住，痛，戏弄着我
在脆薄的胸腔中，左一拳右一腿
泪滴，还未长熟，他已回到墙上
一幅画一双无辜的眼睛一枚地雷

夏水

2008-11-17

最是那一低头的温柔

化作一抹纯净的绿卧在心底
使苍海桑田的变迁，成了浮云

记忆中的旧屋，浸在透明的
夏水中。碧螺春里浮着的
是儿时的阳光、熟悉的面容

世间的尘埃，人生的风云
蒙在皮肤上——缠在发丝间——
总有场夏雨将我洗沐一新
它可是从心底将这汪碧绿孕出？

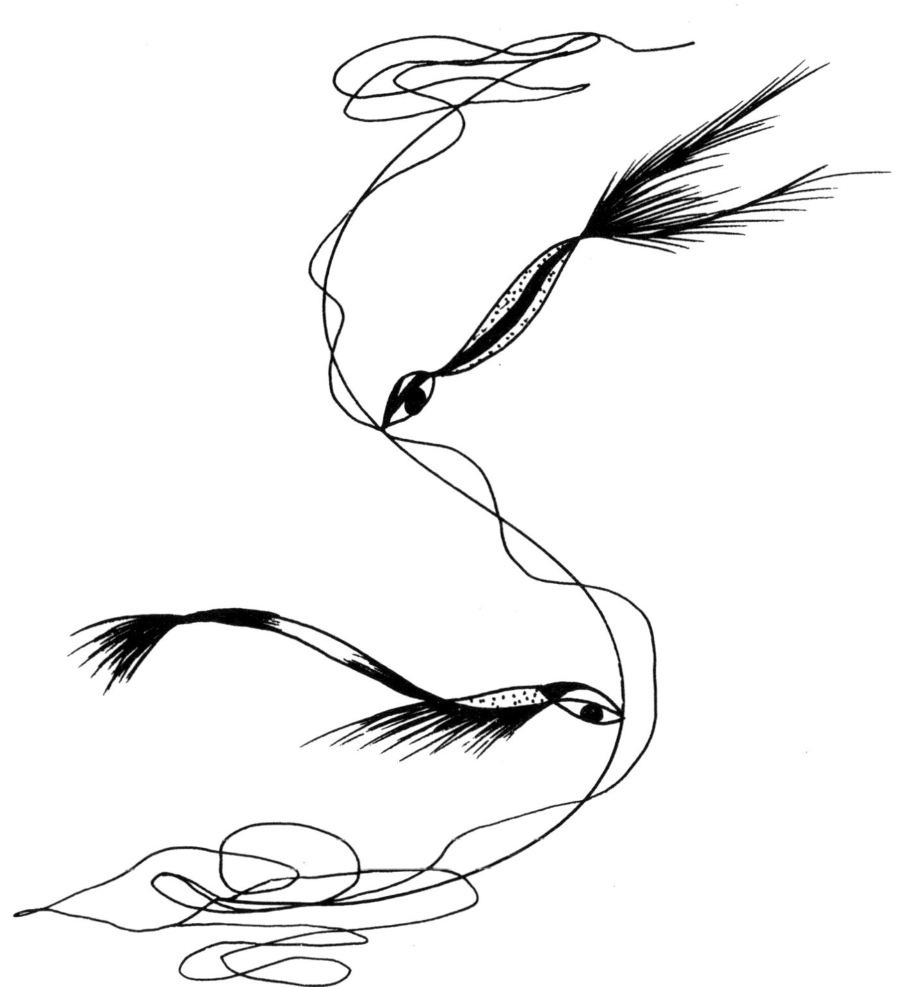

门

2012-10-18

——船夜过三峡水坝，经五道闸门，
级梯上升，终驰入宽阔江域。

是谁？把山拍扁
成了一道道沉重的门
血肉的泥土尽都消融
流成浑浊的泪
让江水老了、重了
黏稠地……涌动着……

我正向门逼近
山的骨骼压在一起
略略退后一步，形成人字
又或者是山谷
是一道诱惑我的缝隙
渗透出寒冷的恐吓

门，似开未开，似闭未闭
松松地合着，却渗不过一滴水
仿佛是那人的双唇
透不出一个字来
世上的门都是这样吧？
开也未开，闭又未闭
似乎随时可以轻松进入
却最终将你拒之门外

门那边是什么？
是一切，还是空？
推门出去……
也许就飘进宇宙
成了一粒飞尘
也许跌入时光
停在未来，或停在往昔
也许射穿了另一个世界
成了异类生灵的到访

每一刻，我都在等待结束
每一刻，都下意识地整好行装
离开这个世界的行装很简单
一颗心、一段情、一声笑
若有一把浓密的头发
就更幸福了，可以迎着光展开
抚摸留在世上的亲人
（而我只能以诗句代替长发）

门终于开了
我们像君王般进入城门
像将军般进入得胜的疆域
然而，门又在身后合闭
门开。门闭。一再地重复
沉重的动作渐趋轻飘……

这就是人生
当一扇门向你打开时
总有一扇门向你关闭
拥有和失去等同，才能获得
轻盈的灵魂。随时准备飞翔

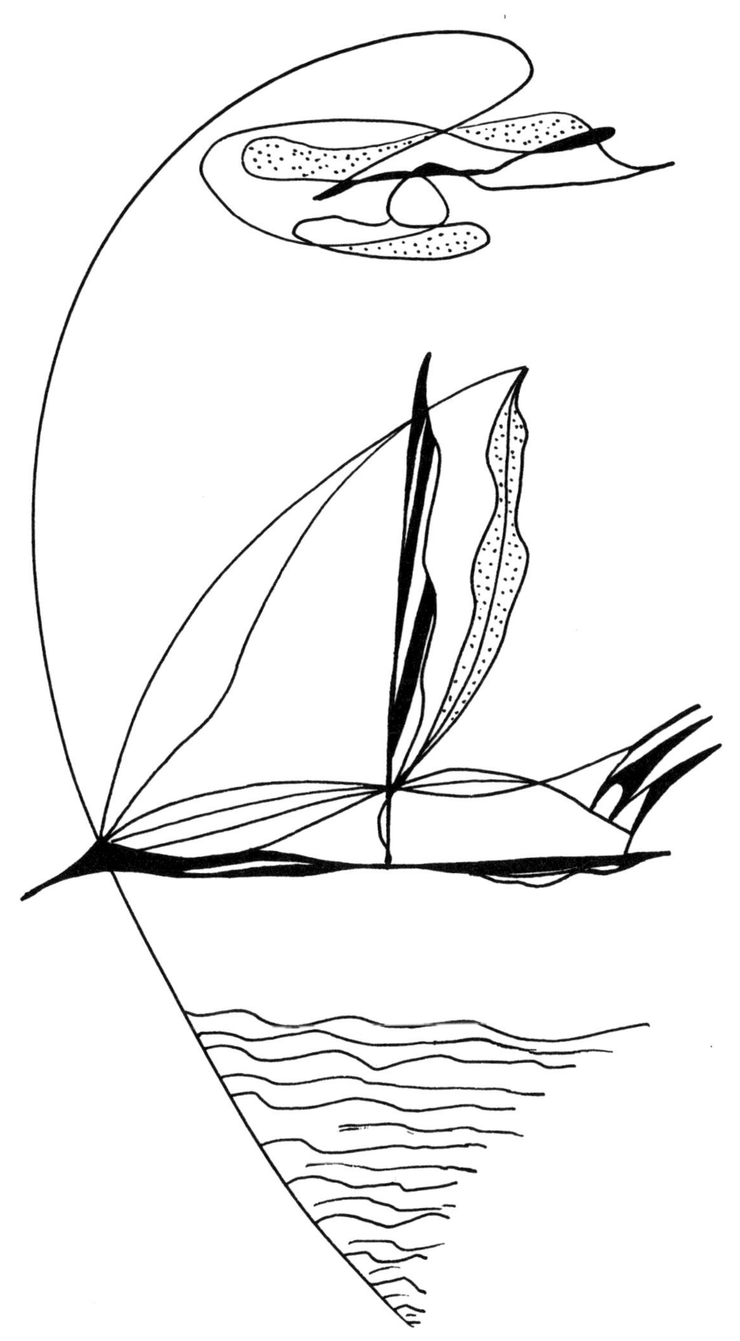

谁的心，在阳光下融化

2016-11-02

是谁的心，在阳光下融化
或浓，或淡的血痕——
纵横地，涂抹着横竖撇捺
谁能看懂这本日记
为四季？为花鸟？为人？

透过斑驳的灿烂
寻觅着叶们的嫩黄与深绿
寻觅着几丝皱褶和干枯
为了安慰易老的苍天
还是，为了安慰色衰的旧爱

深秋，渐渐稀疏的枝干
裸露出令人惊诧的美
遒劲的线条，让可朽的木
呈现出岩石的禀性

谁能够再爱上你？
你用辉煌的美，遮掩泪痕伤痕
开屏的霞光——是一道
铜墙铁壁。拒绝人
窥视你进入寒冬的背影

是谁的心，愿意融化？
化成……你的背景
化成，你松暖的棉被
末世，最后的情种们
一只在发呆
一只在高歌
一只在回眸……

一个人的舞蹈

2010-09

用舞姿撕开心灵的夜幕
温柔的弧线，无言的倾诉
以闪亮的节奏，应和着
隐约的，天父的心跳

泪水，留下的陈迹
绝望，射穿的伤洞
一枚枚人生的节疤
随着光的节奏绽放……

舞蹈，一片橘色的玻璃
让人生碎落的片段
晕染暖意
四肢与心灵，辉映着喜悦
以神圣的爱抚摸空气

一个人的舞蹈
在午夜，或是凌晨
无须俗世的音乐
远离人的观赏
发自生命本能的祈祷
连通了天地与山川

谈诗

2005-10-10

突然间，我们认真
整个世界尴尬地
立在一边
无法嬉皮笑脸

以强奸为职业的
“世俗”顿时阳痿

茫然地瞪大眼睛
惊诧一群习惯出卖的人
猛然圣洁

耳朵向天竖起

2017-08-03

我的耳朵向天竖起
两片丰润的叶子负责光和
聆听天的声音，接受光的养分
天上的水如新鲜的呼吸
顺着叶的经脉流遍全身

我的软弱是一双天真的眼睛
大睁着却难真的看见
良心的眸子，脆弱的命门
大多数时间必须用盾遮着
在盾上画一双眼睛，同样美丽
一句浮在海面的诗

掌中的沙

2007-06-28

被时光磨成粉末的你
起初还像流沙
蓄着阳光叹息的暖意
在我的掌中金黄而丰盈

而后，你的眼神变暗了
像那支漠视心痛的烛
冷冷地渐渐熄灭，走出
触摸、对话、呼吸与视线

一粒一粒……你
从我闭不拢的记忆间漏去
擦痛了心底嫩红的思念
直到掌中的空气也被吻得稀淡

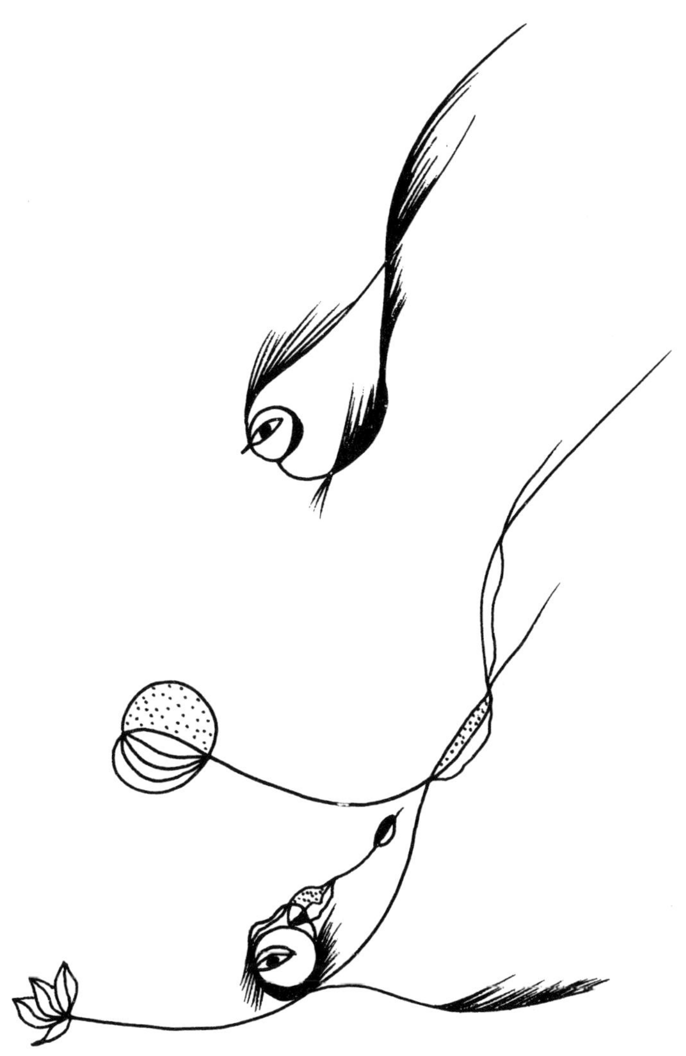

我回来了

2016-01-15

我回来了
无论是一脸岁月，还是整了容
你都一眼，望进我心里
心里有个本子，始终打开着
红色的字，褪了色
温柔起来
你是我没写完的一首诗
离开的日子，找不到柳枝
就把自己折断了，送我
我假装不知道你会痛
假装，不知道
句子也会流血

走了，因为不能再写真话
诗，一直活泼泼地
在我身体里面冲撞
把神经和血管拧成了麻花
在异国的语言中沉默
暗藏着怀里的千百对翅膀

我回来了，仍然无法写诗
不舍得用十指敲死飞蛾
她们一群群扑向火
自焚前的回望，惊艳的一瞥
归来，不是为了站立
而是为了倒下，为了
被诗踩踏

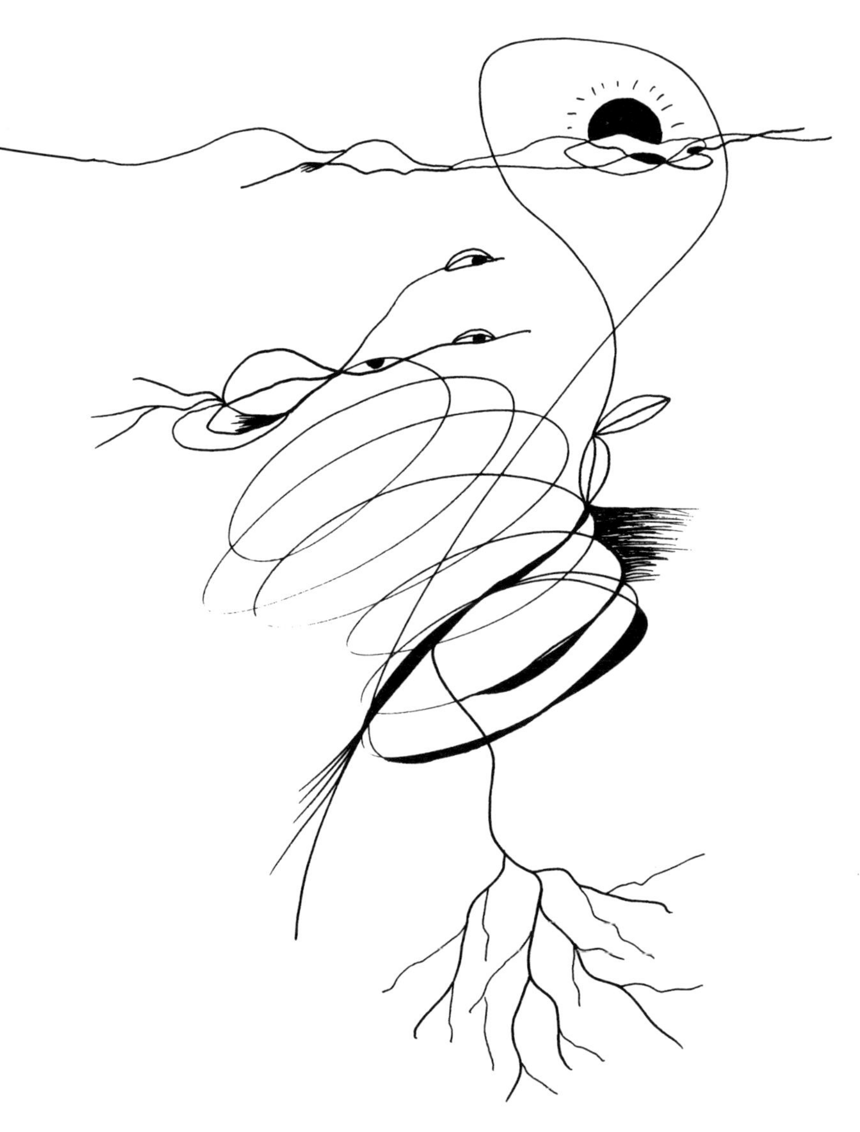

这块土地靠近太阳

2011-08-10

这块土地靠近太阳
湖水背叛了植被
选择天堂的湛蓝
在太阳光的孵化下
生出闪亮的翅膀
什么是飞翔？什么是囚困？
面对着被树木黑土围绕的你
谁能进入你飞翔的喜悦
谁在你面前反观自己

这块土地靠近太阳
油菜高歌着花儿的激情
因着人的肚腹，她被种植
但她却选择了太阳的金黄
金色的花海啊
什么是你生命的价值
什么是你的命运
种植者又岂能框限你的辉煌
这一刻，你就是太阳

这块土地靠近太阳
山峦抛弃自恋选择赤裸
裸出哭泣与皱褶
裸出心底不敢示人的温情

我曾在你的骨骼间迷失
你却用我失落的呼唤
折射阳光，将光芒解成七色
以便消化不良的心灵
能吸收营养，渐渐强壮

这块土地，靠近太阳
是我魂系的高原
渴望被你融成金黄的油菜花
渴望在清澈的黄河里洗净思绪
渴望成为你的山峦
坦然、柔和地起伏着
传递天堂的温暖

微信中的你我

2017-11-04

之一

累透了，心，木笃笃睁眼睡觉……

你用一个“赞”打来一记耳光

醒了。回你个沉默与黑脸

你听不见，也看不见，你睡了……

之二

似乎相连，似乎隔离

微信中的你我，关系复杂枝节旁生

拉黑， 一把修眉的剪刀

你或飘走，你或沉没，离开我的世界

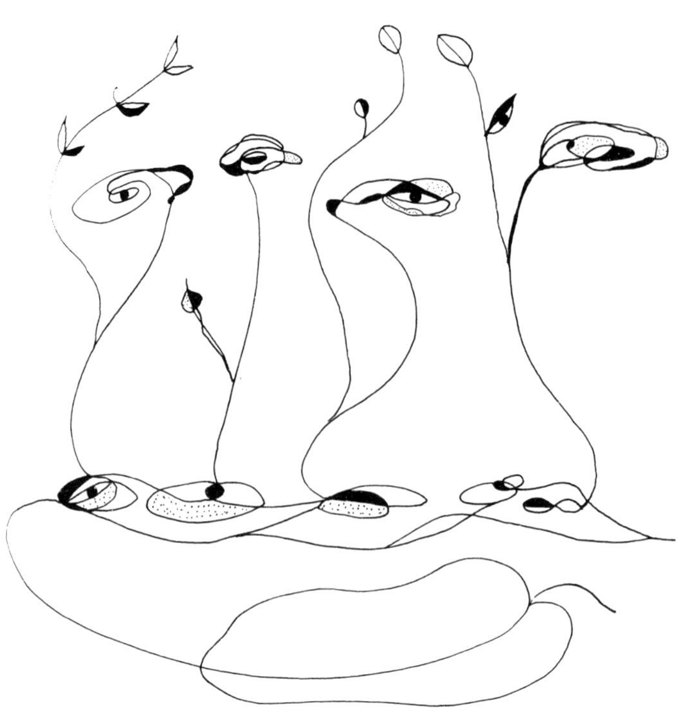

浓荫

2008-11-17

春，从哪一根颤枝上萌芽？

从不曾探究明白，却被深春
的浓荫，将笔画塞得鼓胀

白墙黑瓦、绿树红花
被雨淋湿，又被鸟鸣撕乱
石桥流水理不清黄毛发辫

一生中，手下的颜色和字句
就像江南的浓荫
梦纠缠着梦，歌淋湿了歌
为酣睡的童心架起顶蚊帐

快乐的尘土

2008-08-20

终于爬到尽头，悄悄吐出郁积
眼不再需要见，指尖放弃了触觉
比空气更轻的"无"充满心房

皱折干瘪的心，胀成喜庆的氢气球
远远离开得失爱恨，也离开命运
吹一声轻浮的口哨，将泪眼鸽般放生

到了尽头，才能喜悦一无所有
为自己鼓掌，释怀一生无意的蠕动
低爬高飞都是运动，泪与汗都是体液
苍天眼中，人，都是一粒快乐的尘土

女人与马

2008-08-06

女人，一只玻璃器皿

五颜六色七情八欲油盐酱醋
大社会盛装在小小的女人中

宏大血腥的激情晃动于脆薄
陆地，在子宫里板块漂移
季节成为或冷或热的骨骼

一匹马，是女人的梦想
它的嘶鸣，让臀丰满而温暖
被人占有的世界，波荡着
使生命成了虚幻的影儿